7
presented by
Hirotaka Akagi
赤城大空
Illustration
魔太郎
Mataro

CONTENTS

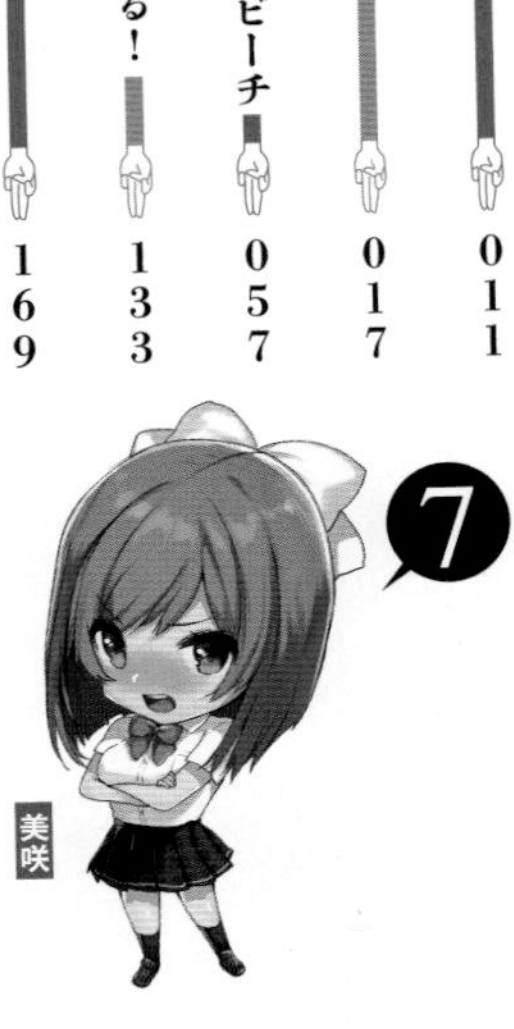

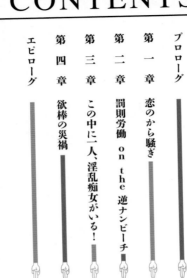

出会ってひと突きで絶頂除霊!
7
presented by
Hirotaka Akagi
赤城大空
Illustration
魔太郎
Mataro

CAST

烏丸 葵 （からすま・あおい）

退魔学園1年生。
晴久のクラスメイトで、
ド変態。

宗谷美咲 （そうや・みさき）

退魔学園1年生。
全てを見透かす呪われた
淫魔眼を持つ少女。

古屋晴久 （ふるや・はるひさ）

退魔学園1年生。
絶頂除霊の力を宿す、
呪われた腕を持つ少年。

太刀川芽依 （たちかわ・めい）

退魔学園中等部3年生。
晴久に様々な情報を
授ける謎の少女。

文鳥桜 （ふみどり・さくら）

退魔師協会監査部所属。
幼少期を晴久と
過ごした少女。

葛乃葉楓 （くずのは・かえで）

退魔学園2年生。
晴久の幼なじみで
数々の実績を持つ退魔師。

童戸槐 （わらしべ・えんじゅ）

九の旧家がひとつ、童戸家の娘。
サキュバスの角の呪いから
晴久たちに救われた。

皇樹夏樹 （すめらぎ・なつき）

九の旧家がひとつ、
皇樹家の現当主。
十二師天。

ミホト

晴久の腕から顕現した、
謎の褐色美少女霊。
絶頂除霊の元凶。

小日向静香 （こひなた・しずか）

白雪女学院の生徒。
その体つきは見る男
すべてを魅了する。

南雲睦美 （なぐも・むつみ）

元・乳避け女。
剣道の達人だが、
巨乳が苦手。

プロローグ

抜けるような青空が広がっていた。

遠くから蝉《せみ》の鳴く声が響き、夏の強烈な日差しがじりじりと降り注ぐ。

そんな夏の陽気を避けるように、あるいは人目を気にするかのように、退魔学園《たいまがくえん》の校舎裏で二人の少女が言葉を交わしていた。

「で？　ちゃんと話してくれるんでしょうね。お兄ちゃんの呪《のろ》いについて」

「ええ。もう隠す理由もないし、あなたには病み上がりでろくな説明もないまま、十二師天《じゅうにしてん》の足止めなんて無茶をさせてしまったから」

文鳥桜《ふみどりさくら》と葛乃葉楓《くずのはかえで》だ。

ひんやりとしたコンクリートの壁に背中を預けながら楓が語るのは、古屋晴久《ふるやはるひさ》の呪いについて隠していたことだった。

憑《つ》かれた人間が都市をも滅ぼす霊級格7《スケールセブン》の淫魔《いんま》と化し、死ぬまで暴れ続けるというパーツの脅威。

楓の不注意が原因で、晴久がそんな呪いに魅入《みい》られてしまった過程。

そして晴久の殺処分を避けるため、あるいは呪いの進行を防ぐために諸々の情報が伏せられていたという事実。

サキュバスパーツが暴走した先の事件ではあまりに状況が逼迫《ひっぱく》していたため断片的にしか説明できていなかったそれらの事情について、楓《かえで》は桜《さくら》に聞かれるまま改めて詳細に語った。

そうしてどのくらいの時間が経ったか。

やがて楓がすべてを説明し終えると、桜はどこか呆《あき》れたように息を吐き、

「……ま、わかったわ。あんたもかなり思い詰めてたみたいだし、お兄ちゃんの呪《のろ》いについて隠してたことについてはもういいわよ」

納得するようにそう言った。

「正直、お兄ちゃんの監視役である私にまで色んな情報が伏せられてたのはちょっと癪《しゃく》に障《さわ》るけど……蚊帳《かや》の外は嫌だなんてダダこねていい話じゃなくなってきてるしね」

桜は自分の中のワガママな感情を抑えるように小さく漏らす。

童戸《わらしべ》槐《えんじゅ》の暴走で実際に目の当たりにした、下手《へた》に情報を口外できなかったのも納得するしかない超常的なパーツの脅威。

そしてそんな危険な代物を執拗《しつよう》に狙《ねら》う魔族の存在。

聞けばあのアンドロマリウスという魔族は大監獄に潜入してまでパーツを奪いに来たというし、なにが狙いか知らないが不穏なことこの上ない。

槐を救う代償に二つものパーツを宿すことになってしまった晴久《はるひさ》を巡る状況は、これまで以

上にキナ臭くなってきていると言わざるをえないだろう。

ただ、そうしてパーツ周りの話が不穏さを増す一方で喜ばしいこともあった。

これまでことあるごとに晴久の処分を匂《にお》わせてきた退魔師《たいまし》協会が、最近になってその態度を急速に軟化させているのだ。

理由はいくつかある。

パーツが除霊不可能ではないと判明したこと。

晴久に取り憑《つ》く謎の霊体ミホトのとてつもない神聖性を、十二師天《じゅうにしてん》である土御門晴親《つちみかどはるちか》と多々羅刃鈴鹿《たたらばすずか》が目撃したこと。

それによって晴久を極端に危険視する風潮が協会上層部の間で弱まり、その扱いはかなり緩《ゆる》いものになっていた。その緩さは、晴久に同調して霊級格《スケールセブン》7討伐を妨害した桜が引き続き護衛を兼ねた監視役を任されているほどである。

そういうわけで晴久周りの情勢は総合的に見れば確実に好転しており、魔族側から動きがない限りはひとまず安心していられる日々が続いていた。

とはいえ。またいつ魔族が動き出すかわからない状況であることには違いなく、監視役の桜としては今後の対応について色々と考えたいところではあったのだが……いまの桜にはそれよりずっと気になることがあった。

それは……、

「ねえ、ところでさっきから気になってたんだけど……女狐《めぎつね》あんた、なんかあったわけ？」

実は先ほどからずっと、楓《かえで》の様子がおかしいのである。

晴久《はるひさ》の呪《のろ》いについて説明している間もなにやらずっと心ここにあらずといった調子で、急に赤面したかと思えば唇のあたりをいじったりと、どうにも挙動が怪しいのだ。

いつもの冷徹な雰囲気などどこへやら。

晴久周りの説明を受けている最中はそっちのほうが大事だったので気づかないふりをしてやっていたが、あらかた情報が出尽くしたいま、最早スルーすることなどできなかった。

なにせこんな楓の姿を見るのは初めてだったから。

絶対になにかおかしいと、桜《さくら》は楓の顔を見つめて問いただしたのだが――、

「べ、別になにもありはしないわ！」

返ってきたのは〝葛乃葉《くずのは》楓〟のイメージからはほど遠いオーバーリアクション。

いきなり声を荒らげたかと思えばみるみるうちに顔を赤く染め、

「ま、まったくなにを言い出すのかしら。とにかく、古屋《ふるや》君の呪いについてはすべて正直に話したし、これであなたにはもうなにも隠し事はないわ。ええ、一切なにもないの。これ以上話すことはないし、私は古屋君のストーカーばかりしているあなたと違って忙しいし、この場はもうお開きにしたほうがよさそうね。さようなら」

楓は早口でそうまくし立てると、獣尾を駆使した機動力でその場から逃走。

「えっ、ちょっ!?　忙しいって、あんたも私たちと一緒で退魔師《たいまし》免許停止中でしょうが!?」

桜《さくら》がそう言って引き留める間もなく、その姿はうだる夏の空気の中に消えてしまう。

「な、なんなのよ一体……」

そして一人取り残された桜はしばし呆然《ぼうぜん》としたあと、

「……怪しい」

あまりにも様子のおかしい楓《かえで》になんだか嫌な予感めいたものがあり、淫魔眼《いんまがん》持ちの宗谷美咲《そうやみさき》でもけしかけてみようかと検討するのだった。

第一章　恋のから騒ぎ

1

童戸《わらしべ》家の少女、童戸槐《えんじゅ》の身に降りかかった霊級格《スケール》7《セブン》事件が無事収束し、彼女を苦しめていた不幸体質についても決着がついてから早数日。

病院を退院した俺は、重い身体《からだ》を引きずって退魔学園《たいまがくえん》に登校していた。

なんだかとても久しぶりに顔を出した気がするDクラスは誰もが浮き足立っていて、テンションの高い連中が多い。

けどそれも無理はないだろう。

鹿島霊子《かしまれいこ》の引き起こした各地の封印地襲撃事件や霊級格7事件の余波で業界全体が大忙しだったためにずれ込んでいた夏休みが、ようやく明日から始まるのだ。

一連の騒ぎでは人手不足の影響が学生にまで波及する事態になっていて、ここしばらくプロに負けず劣らず働きまくっていた退魔学園の生徒たちは、エリートのSクラスから落ちこぼれのDクラスまで誰もが夏休みに浮かれているようだった。

と、そんな中でも特にテンション高く盛り上がっている連中がいて、

「おい晴久《はるひさ》！　なにぼーっとしてんだ!?　元気ねぇな!?」

Dクラスの悪友、小林《こばやし》たちがいまにも踊り出しそうな笑顔で俺の机を取り囲む。

「……あー、そう言うお前らは無駄に元気だな」

正直いまはそのハイテンションに付き合う気分じゃなかったのだが、あまり無碍《むげ》にするのも悪い。俺はスマホをいじる手を止めて小林たちに顔を向ける。

「これが元気出さずにいられるか！　あのクソ忙しい振り替え実習も終わってついに夏休み！明日から遊び放題なんだぜ!?　それになんていったって――」

と、小林たちは突如としてその瞳を潤《うる》ませながら、

「「俺たちのサオリさんが無事に帰ってきたんだからな！」」

心底嬉しげに言い放った。

サオリさんとは女日照りにあえいでいた退魔学園《たいまがくえん》の男子たちが共同出資してお迎えした等身大人形（オブラートに包んだ表現）の名前だ。

鹿島霊子《かしまれいこ》に道具として攫《さら》われたあげく、生き霊《りょう》化した彼女の器にされ行方知れずとなっていたサオリさんだったが、いつの間にか小林たちのもとに返されていたらしい。

「しかもよ、ただ無事に帰ってきただけじゃないんだぜ!?　なんとサオリさん、俺たちの愛情を受けてうっすらと自我が芽生えてるらしいんだ！」

「詳しくは教えてもらえなかったけど、そのおかげで特級霊能犯罪者の捕縛《ほばく》に貢献した可能性

があるとかでな！　まったく誇らしいぜ！」

「しかもプロ霊視官の話だと、サオリさんは自分から俺たちのもとに帰りたいって主張してたらしくて……うっ、健気《けなげ》すぎる……また涙が出てきやがった……っ」

「ああ、まったくだ。俺たちの実力じゃまだ上手《うま》く意思疎通《いしそつう》できないけど、こうなったらもっともっと大切にしてサオリさんの自我を強くしながら、俺たちも修行を頑張るっきゃないぜ！」

「うむ。本当に素晴らしいことなのだ！」

と、小林たちが勝手にヒートアップしていたところ、横から下卑《げび》た笑顔を浮かべた烏丸《からすま》が割り込んできた。

「まさかサオリさんに自我が宿るとは……っ！　縛った際に反応があるかどうかでプレイの楽しさは雲泥の差！　霊視官曰《いわ》くサオリさんは奥ゆかしい性格だというし、これは縛りがいがありそうなのだ！」

「「「ふざけんな烏丸てめえ！」」」

烏丸のゲス発言に小林たちが激昂《げきこう》。

かつて実際にサオリさんを秘密裏に縛ろうとしていた前科のある烏丸を牽制《けんせい》するように大ブーイングを浴びせていたのだが……ふとその大騒ぎがストップする。

小林たちはあまり会話に絡んでいなかった俺の顔を覗《のぞ》き込むと、

「って、晴久お前、ほんとに元気ないな。どうしたんだ？　やたらテンション低いし、よく見りゃクマが酷《ひど》いし」

「確かお前、昨日まで入院してたんだよな？　そのわりには何日もまともに寝てないみたいな顔色なんだが……本免許も一時停止喰《く》らってるって聞いたし、なんかあったのか？　なんか思い詰めてるようにも見えるし」

珍しく、小林《こばやし》たちが普通に俺のことを心配してきた。

よっぽど俺が酷い顔をしていたらしい。

「……あー、いや、別になんもねーよ。ただ普通に病み上がりと夏バテが重なっただけだ」

俺は小林たちから目を逸《そ》らしつつ、なんでもないようにそう言いつくろったのだが……実のところ、なにかあったどころの騒ぎではなかった。

楓《かえで》のことだ。


まさか楓が俺にキスをするなんて《あんなこと》……！


あの病室での一幕を思い出すだけで、また知恵熱を起こしてぶっ倒れそうなほどに顔が熱くなる。

恋愛方面には人よりずっと疎《うと》い自覚のある俺だが、さすがに楓のような規格外の美少女にキスをされて平静でいられるほど鈍感じゃなかった。

すぐにでも動かなくちゃいけない。

これまでずっと楓の世話になってきた身として、なにがなんでも責任を取らなきゃならない。けどそのためには先に話をつけておかないといけないやつが何人かいて、昨日から俺は日程の調整を始めていたのだが……最も重要度の高い宗谷《そうや》とはなぜかずっと連絡がつかない状態が続いていて、俺は困り果てているのだった。

烏丸《からすま》なんかは普通に宗谷と連絡がとれてるらしいから、宗谷の身になにか起きたというわけじゃなさそうだが……。

霊級格7《スケールセブン》討伐妨害をやらかした俺たちに科せられた懲罰措置——罰則労働が明後日《あさって》には始まるから、楓の件についてはできるだけ早く片をつけておきたいのに……。

と、俺が少し焦《あせ》りながらスマホで宗谷に再度メッセージを送っていたところ、

「いや、なんにもないわけないでしょ？」

烏丸を押しのけて俺に詰め寄ってきたのは、サイドテールが特徴的な妹分、文鳥桜《ふみどりさくら》だった。

俺たちを代表して学校側と罰則労働の打ち合わせをするからと少し早く登校していた桜はどこか不機嫌そうに眉根《まゆね》を寄せ、

「あんた、入院中もなんか様子がおかしかったし。昨日なんて連絡もなしにいきなり退院してきたと思ったら『終業日《今日》の午後は絶対に空けといてくれ』って。理由を聞いても教えてくれないし、どういうつもりなのよ」

詰問するように顔を寄せてくる。

「ん？　なんだ、桜嬢《さくら》も古屋《ふるや》に呼び出されていたのか」

すると背後からこっそり桜の尻《しり》を眺めていた烏丸《からすま》が話に入ってきた。

「私も昨日、古屋から同じような連絡を受けたのだが、具体的な要件ははぐらかされて不思議に思っていたのだ」

「あんたも？　ねえちょっとお兄ちゃん、一体なんのつもりなのよ」

「……いや、ちょっとここじゃ話せないっつーか、可能な限り人に聞かれたくないし、みんなそろったところで一度に説明したいんだ」

小林《こばやし》たちに聞こえないよう、俺は小声で桜に返す。

「なによそれ……怪しいわね」

だが桜はなんだか納得がいっていないようで、追及を強めるような気配を滲《にじ》ませていた。

ちょうどそのとき。

「おーい、席に着けー。一学期最後のＨＲ始めるぞー」

担当講師が教室に入ってきて、桜の追及はいったんうやむやになるのだった。

そしてやたらと長く感じるＨＲが終わった直後。

周囲のクラスメートが「終わったあああ！　夏休みだあああ！」と騒がしく席を立つ中、

俺は再びスマホに目を落とす。

だが案の定、そこに宗谷《そうや》からの返信はない。

「ああくそっ、やっぱ直接あたるのが一番早いか……!?」

宗谷とは連絡がとれない状態が続いているが、烏丸いわく普通に学校には来ているらしい。

連絡がとれない以上、罰則労働に駆り出される前に宗谷と話をするにはもう学校で捕まえるしかないと、俺は荷物も持たずに席を立った。

「あっ、ちょっとお兄ちゃん!?　まだ話は終わってないんだけど!?」

と、俺への詰問を続けようとしていた桜が俺を呼び止めるのだが、

「悪い！　あとでちゃんと説明すっから！」

宗谷の所属するBクラスの担当講師は話が簡潔でHRが早く終わると評判。

宗谷が教室を出る前になんとか接触しなければと、俺は桜を振り切るように教室を飛び出すのだった。

「ああもう！　あの女狐《めぎつね》といいお兄ちゃんといい、一体なにがあったのよ！」

夏休みに湧くDクラスの喧噪《けんそう》を貫き、不満げな桜の声が後ろから響いた。

2

Dクラスと同じく、HRが終わったBクラスでは繁忙期から解放された生徒たちの明るいざ

わめきに満ちていた。

忙しさから解放された反動で思い切り遊ぼうとはしゃぐ者、長期休暇を利用して真面目に修行に励もうとする者など、それぞれが夏の予定に花を咲かせている。

だがそうした明るい雰囲気が充満する教室の中で、心ここにあらずな少女が一人。

「…………………………」

焦点の定まっていない瞳でぼけーっと虚空《こくう》を眺めていたのは、《九の旧家》を代表する霊能名家、宗谷《そうや》家の跡取り娘である宗谷美咲《みさき》だった。

いつもの明るい雰囲気はどこへやら。

口をぽかんと半開きにしたままぴくりとも動かない美咲はなんだかもう抜け殻《がら》のようで、トレードマークの大きなリボンも一緒に萎《しお》れてしまっているかのようだった。

その脳裏に先日から何度も繰り返し浮かび上がるのは、常に発動している呪《のろ》いの両目、淫魔《いんま》眼《がん》で知ってしまったとある性情報。

古屋晴久《ふるやはるひさ》と葛乃葉楓《くずのはかえで》の顔の横に浮かんでいた、キスの経験回数一という数字だ。

思い出したくなくても勝手に浮かんできてしまうその情報を反芻《はんすう》するたび、なぜだかよくわからないが酷《ひど》く気持ちが沈む。

晴久と楓はキスをしたのだ。ならやっぱり、二人は両思いなんだろうか。

そんな疑問が四六時中頭にこびりついて何も手につかず、なんだかここしばらくの記憶が曖《あい》味《まい》なほど。

こんなにも気持ちがモヤモヤするのなら、いっそのこと二人の関係について本人たちに直接問いただせばいいのではと考えた瞬間もあったが……そんな選択肢はなぜか一瞬で却下。

晴久から「話があるんだ」と連絡をもらってもまったく気持ちが温かくならず、それどころかその文面にどこか恐怖を覚えるほどで、ここしばらくはスマホに触れる回数も激減していた。

（ご飯も全然美味《おい》しくないし……どうしちゃったんだろ、わたし……）

この呪われた淫魔眼でエグい性情報や人間関係なんていくらでも視《み》てきたし、情報酔いにも多少は慣れてきたと思っていたのに。

と、美咲が自分の状態を持て余し、引き続きぼけーっと虚空を見つめていたときだ。

そのあんまりな様子を見かねたのか、数人のBクラス女子が美咲の席に寄ってくる。

「美咲ー？　おーい美咲ー？　生きてるー？　もうHR終わったよー？」

「……ふぇ？」

目の前で手をひらひらされてようやく気づいた美咲は間の抜けた声を漏らした。

「おっ、いちおう生きてるのね。てゆーかさ、さすがにもうスルーしきれないから聞くけど、あんた一体どうしちゃったの？　なんかずっと魂が抜けたような顔してるけど」

再起動した美咲に、クラスメートたちから当然の疑問が飛んでくる。

時に盛大なトラブルをも巻き起こす美咲の問題児っぷりは学年を超えて有名であり、ましてやクラスメートともなれば美咲《みさき》の快活さは嫌というほど見知っている。

そんな普段の彼女とはかけ離れた様子をいつまでもスルーできるはずもなく、心配したBクラス女子たちは美咲を取り囲んだのだった。

だが美咲のことを心配して声をかけたといっても、そこは普段の美咲を知るBクラス女子である。

どうせまたなにか変なものを食べたとか、突拍子もない騒ぎを起こして学校や協会からしこたま怒られたとか、そんな理由で落ち込んでいるのだろうと適当な憶測を繰り返し、美咲も「あー」とか「んー」と抜け殻《がら》状態の生返事で言葉を濁していたのだが……そんな折。

「あ、それとももしかして～」

一人のゴシップ好きな女子が、にまぁ、とからかうように笑いながら、

「あれでしょ。チームメイトの古屋晴久《ふるやはるひさ》君と痴話喧嘩《ちわげんか》しちゃったとか！」

いきなりそんなことを言い放った。

本人に自覚はないが、晴久とチームを組んでからというもの、美咲のその可愛《かわい》さと快活さはより一層磨きがかかっていた。特にBクラス女子はその変化を敏感に感じ取っており、退魔学《たいまがく》園《えん》の男子を情け容赦《ようしゃ》なくフリまくっていた美咲にもようやく人の心が芽生えたかと微笑《ほほえ》ましく思っていたのだ。

ただ同時に、どこかお子様っぽい晴久と美咲が特別そういう方向で進展しているとは思って

おらず、痴話喧嘩云々《うんぬん》は完全にたき付け目的の軽口だったのだが……。

「……ふぇ!?」

反応は劇的だった。

それまで生返事を繰り返すだけだった美咲が奇声をあげて飛び上がり、机に太ももを強打。

「ち、痴話喧嘩って……!?　ち、違っ！　わたしのこれはっ、別にそんなんじゃなくて！」

痛みに顔をしかめつつ、美咲はあわあわと取り繕《つくろ》う。

が、それは完全に逆効果だった。

「え……？　ちょ、あんたまさか本当に……」

晴久となにかあったのかとクラスメートたちが固まっていた、そのときだった。

「あ、いた！　おい宗谷《そうや》！　お前なんで電話にもメールにも返事くれないんだよ！　心配するだろうが！」

教室のざわめきを簡単に貫くような大声で、一人の男子生徒が教室に駆け込んできた。

たったいま話題に出たDクラスの少年、古屋晴久だ。

「っ!?」

瞬間、ただでさえクラスメートの軽口で平静さを失っていた美咲はびくっ！　と肩を跳ね上げ、あわあわとあからさまな挙動不審状態に陥った。

晴久が会いに来てくれて嬉しいという気持ちと、それを上回る苦しい気持ちでわけがわからなくなる。と、最早限界に近いパニック状態だった美咲《みさき》に、決定的な追い打ちが炸裂《さくれつ》した。

「楓《かえで》のことでお前に大事な話があるんだよ！　なんで俺のこと避けてるのか知らねえけど、とにかくちょっと俺の話を聞いてくれ！」

「……っ！」

(葛乃葉《くずのは》さんのことで、私に、大事な話？　わざわざBクラスに突撃してきてまで……？)

瞬間、美咲の脳裏に弾けた思考はほとんど反射的なものだった。

──聞きたくない！

それはもう論理的な思考や冷静な判断などかなぐり捨てた直感的な行動。

「う、うわあああああああああっ！」

次の瞬間、美咲は猿のごとき速度で教室の窓から飛び出していた。

「ちょっ!?　美咲!?　ここ二階だよ!?」

Bクラス女子がぎょっとしながら叫ぶ。

悪霊《あくりょう》相手に日夜戦いを繰り広げるプロ退魔師《たいまし》の卵たちにとって二階から飛び降りるなど別に驚くことではないが、それはあくまで戦闘時の話。

まさか同級生の男子が教室に現れた程度のことで飛び降りるなど考えられず、霊級格1《スケールワン》の式神を落下傘代わりにして地面に着地しそのまま猛ダッシュを始める美咲にBクラス女子たちは愕然《がくぜん》と声を漏らす。

「ま、まさか本当に痴話喧嘩《ちわげんか》……!?」

「楓《かえで》って……あの二年の葛乃葉《くずのは》様だよね……？　え、もしかして旧家同士の修羅場……!?」

「せ、戦争だぁ……！」

と、ひそひそ言葉を交わす彼女らの視線は渦中の人物である古屋晴久《ふるやはるひさ》へと向かうのだが、

「ああ!?　宗谷《そうや》のやつ、なに考えてんだ!?」

晴久は晴久で周囲の視線など眼中にない。

両手首のブレスレットを外すと、落ちこぼれのDクラスであるはずの彼もまた迷うことなく窓から飛び降りるのだった。


「……っ!?」

窓から飛び降り晴久からの逃走に成功した気になっていた美咲《みさき》は、背後を振り返って驚愕《きょうがく》に目を見開いた。

なんと晴久が美咲に続いて教室の窓から飛び降り追いかけてきたのだ。

ブレスレットを外して人外の強度となった両手で外壁の出っ張りをひっかきながら落下の勢いを殺し、危なっかしい姿勢でギリギリ着地。

殺しきれなかった落下の勢いに足を痺《しび》れさせるようなそぶりは見せつつ、必死の形相で美咲に追いすがってきたのである。

「いやあああああああああああっ⁉」

美咲は悲鳴をあげてさらにスピードアップ。

直線では追いつかれると判断して手近な校舎に逃げ込みながら、足止めのために霊級格2未満《スケールツー》の式神を数体繰り出した。

「うわっ⁉」

それに困惑の声をあげるのは晴久だ。

「な、なんであいつこんな必死に逃げるんだ⁉　けど本気で逃げてるにしては霊級格4《スケールフォー》の式神に乗って空に逃げるとかもしねーし、なんか印象がちぐはぐな……ああくそっ、んなこと気にしてる場合じゃねえか⁉　こうなったら……！」

と、複数の低霊級格式神にまとわりつかれ美咲を見失いかけていた晴久が「やむを得ない」と覚悟を固めたような顔をした次の瞬間。

「んあああああああああああああああっ♥♥♥⁉」

廊下に情けない嬌声《きようせい》が響き渡った。

直後、晴久の動きが明らかに変わり、

『『んほおおおおおおおっ♥♥♥⁉⁉⁉』』

続けて響いたのは美咲が放った式神たちのあられもない嬌声。

謎の体液をまき散らして痙攣《けいれん》を繰り返す式神たちはぼてぼてぼて！　と地面に落下し、かくかくと腰を振りながら消滅。

快楽点ブーストの力で式神の妨害を一瞬で退けた晴久《はるひさ》はそのまま賢者のように冷静な顔で追跡速度を引き上げる。

「え!?　え!?　えええええええええええっ!?」

そんな晴久の行動に今度こそ本気で驚愕《きょうがく》したのは美咲《みさき》だ。

なにせ自分の猥褻《わいせつ》能力を心底恥じていて、緊急事態でない限り使いたくないと思っている晴久が、白昼堂々誰が見ているかわからない校舎内でいきなり絶頂除霊《ぜっちょうじょれい》を使ったのだ。

それも自らを絶頂させて判断力を向上させるという快楽点《生き恥能力》ブーストを、なんの躊躇《ためら》いもなく。

そんな晴久の本気を見て、美咲が考えることはひとつだ。

(古屋《ふるや》君……そんなに葛乃葉《くずのは》さんの話が大事なの……!?)

なんだかもうますます話を聞きたくない。

美咲は全力で逃走すべく両足に力を込めるのだが……快楽点ブースト状態の晴久を相手に抵抗も長くは続かない。

晴久との距離はどんどん縮まり、いまにも捕まりそうになる。

(ど、どうしよう!　いやだ!　捕まりたくない!　大事な話なんて聞きたくない!　どうしよう!　……あっ)

と、必死に考えを巡らせる美咲は自分の手にはまっている指輪の存在を思い出す。

少し霊力を流せば、対となる紋様の施《ほどこ》された晴久の股間《こかん》に激痛が走るミホト制御用の神具だ。

いまの霊力でもなんとか発動できるだろうそれを使えば、きっと晴久から逃げ切れる。

けれど、

(いまこんなの使っちゃったら……)

晴久に嫌われるかもしれない。

そんな考えが頭をよぎって身体《からだ》の動きが鈍った、その瞬間だった。

「うらああああああああああああっ！」

「っ!?　わああああああああああああっ!?」

誰もいない廊下で、背後から晴久に腕を掴《つか》まれる。

美咲は咄嗟《とっさ》に振り払おうとするのだが、その行動が晴久の必死さを加速させたのだろう。

もう絶対に逃がさないとばかりに晴久は美咲の両手を掴み、その身体を壁際に追い詰める。

晴久は気づいていないようだったが、それはまるで男子が女子に強引に迫っているような姿勢で、

「っ！　は、はなしてーっ！」

「あっ、ちょっ、大人しくしろこの！」

美咲が顔を真っ赤にしてどたばたと抵抗する。

が、晴久はやっと捕まえた美咲を逃がす気などさらさらないようで、両腕どころか身体全体

で美咲《みさき》を押さえ込むようにして放さない。

それどころか、

「なんでそんな必死に逃げるか知らねえけど……お願いだから話を聞いてくれ！」

「……っ！　う、うぅ……!?」

美咲の目と鼻の先でこれ以上ないほど真剣な表情を浮かべる晴久《はるひさ》。

その顔はつい先日、槐《えんじゅ》を助けるために命を賭《か》けようとしていたときと同じくらい必死で
……そんな顔で見つめられてしまった美咲は抵抗の意思を奪われてしまう。

さらに、なぜか晴久はその真剣な表情をどんどん美咲に近づけてきて、耳にその息がかかりそうなほどになる。敏感な部分に晴久の体温が近づいてくるにつれて、汗ばんだ身体《からだ》からどんどん力が抜けていくようだった。

「あ……うぅ……」

もう観念するしかない。

「いいか宗谷《そうや》、信じられないかもしれないけど冷静に聞いてくれ。実は――」

さあ、一体なんだ。

楓《かえで》と付き合うことになったという話か、それとも婚約か、それに伴い人式神の契約は解消かと、美咲は少しでも衝撃を軽減しようと事前にあらゆる可能性をシミュレートする。

耳元に口を寄せてくる晴久に顔を真っ赤にしつつ、覚悟を決めるようにぎゅっと目を閉じて

晴久の言葉を待っていた……次の瞬間。

「実はいま……楓が怪異墜《かいいお》ちしかけてるんだ！」

万が一にでも誰かに聞かれないようにだろう。

美咲の耳元で囁《ささや》くように、しかしはっきりと、晴久が叫んだ。

そしてその発言を受けた美咲は時間が何分も止まってしまったかと錯覚するような思考停止状態に見舞われたのち、

「………………………………………………は？」

なにを言ってるんだこいつは？　と言わんばかりの唖然《あぜん》とした声を漏らした。

3

「お帰りなさいませ、楓お嬢様」

都立退魔学園《たいまがくえん》の一学期が無事終了した、その日の午後。

特になんのトラブルもなく終業日を終えた葛乃葉《くずのは》楓は、都内某所にある自宅へと帰ってきていた。都内の一等地にあるとは思えないほど広い、まるで料亭のように落ち着いた雰囲気のお屋敷だ。

そしてそのお屋敷の佇《たたず》まいにふさわしい美少女である楓《かえで》が帰宅すると同時に、数人の女性使用人が恭《うやうや》しく頭を下げて彼女を出迎える。

「外は暑かったでしょう楓様。お飲み物をどうぞ」

「ええ、いつもありがとう」

楓は古株の使用人から慣れた様子で飲み物を受け取り、親しみのこもった礼を返す。

だがそこは日本の退魔師《たいまし》業界を牛耳《ぎゅうじ》る《九の旧家》の筆頭である葛乃葉《くずのは》家の次期党首。

立ち振る舞いはあくまで厳格なものであり、まとう空気は怜悧《れいり》の一言。

一分の隙もない足取りで自室へと向かう様はまさに日本を代表する霊能名家の跡取りにふさわしく、内面の冷徹な強さが生来の美しさを何倍にも引き上げているかのようだった。

その背を見送る古株の使用人が「立派になられて……」と目を細め、比較的若い使用人に至っては「楓様は今日も美しくかっこよくあられる……」などと陶酔するように声を漏らすほど。

……だが、そうした声を背に受けながら自室に戻り、扉を閉めて人目が途絶えた瞬間。

「～～～～～～っ！」

それまで楓がまとっていた氷のような雰囲気は一瞬で霧散した。

和室にあわせてしつらえたベッドに制服のまま突っ伏すと、周囲に声が漏れないよう枕に顔を押しつけながら悶絶《もんぜつ》する。

さらには爆発しそうになる感情を発散するようにぼすぼすと枕を殴りつけ、

「私はなんであんなことを……っ！　付き合っているわけでもないのに不意打ちでキ、キスをするなんて……はしたない……っ！」

それはつい数日前のこと。

様々な要因が重なったことで理性のたがが緩《ゆる》んだ楓は、病床に伏せる晴久《はるひさ》にキスをしてしまっていた。

それからずっと、楓は一人になるたびにその軽率な行動を後悔しまくっていたのだ。

ベッドに突っ伏す楓の脳裏に、ここ数日で何十回何百回と繰り返した思考がぐるぐると巡る。

（いまはまだパーツが除霊不可能でないと判明しただけで、古屋《ふるや》君の呪《のろ》いが解けたわけでもないのに！　そのうえパーツを狙《ねら》う魔族が今後どう出るかもわからない状態で、私はなにを舞い上がっていたの!?）

（お礼にキスを要求するなんて！　しかも不意打ちで唇を奪うなんて痴女もいいところだわ！）

（しかもキスと同時に太刀川芽依《たちかわめい》の正体まで明かして！　これじゃあいままで頭の悪い女《他人》のふりをして甘えたり、文鳥桜《ふみどりさくら》や宗谷美咲《そうやみさき》に対抗して、い、色仕掛けに走ってしまっていたことまで古屋君にバレてしまったじゃないの！）

（そもそも古屋君のことだから私の気持ちを知ったところで「魔族に狙われている状態でそういう特定の相手を持つことはできない」とか言い出しそうだし……あのキスはきっと、なんのアドバンテージにもなりはしない。むしろ古屋《ふるや》君との関係を気まずいものにするだけで、どう考えても悪手だったとしか思えない……だったらいっそ……）

「いっそ……あのキスがなかったことにならないかしら……」

一通り懊悩《おうのう》したあと、楓《かえで》は益体《やくたい》もないことを口にする。

だがそうして晴久《はるひさ》とのキスを全力で後悔する一方、楓は自分がそわそわと浮き足立っていることを自覚していた。

それというのも――。

「……」

楓はひとしきりベッドを殴りつけて気持ちを落ち着かせると、枕に顔を半分埋《うず》めながらスマホの画面を表示する。

そこには昨日、晴久からいきなり届いたメッセージが表示されていた。

『明日、学校が終わったあとに話がある。十五時くらいに直接葛乃葉《くずのは》家に顔を出すから、菊乃《きくの》ばあさんにも同席してほしい』

楓は昨日そのメッセージを何回も読み返し、一時間以上かけて『わかったわ』と極めて事務的な一言を返していたが……内心はもう混乱の極みであった。

キスをした相手の実家に保護者同伴で話したいことがあるなど、晴久《はるひさ》は一体なにをするつもりなのか。

考えられる可能性はそう多くはない。

「……まさか」

楓《かえで》はあの日からずっと火照《ほて》り続ける自分の唇に触れる。

自分の軽率な行動を全力で悔いる傍《かたわ》ら、まるでその続きを期待するかのように。

と、そのときだった。

「「楓様」」

「っ!?」

扉の前から突如として声がかかり、楓はびくりと肩を跳ね上げる。

「な、なにかしら」

慌ててベッドから身体《からだ》を起こして返事をすると、扉を開けて顔を覗《のぞ》かせたのは二人の少女。

それぞれ滑《なめ》らかな金髪と銀髪が特徴的な美少女で、楓に対して恭《うやうや》しく頭《こうべ》を垂れている。

それは楓と同じ退魔学園《たいまがくえん》二年Sクラスに所属するチームメイトであると同時に、幼い頃から楓専属の使用人《付き人》として葛乃葉《くずのは》本家に出入りしている分家筋の双子、葛乃葉金狐《きんこ》と葛乃葉銀狐《ぎんこ》だった。

楓があまり群れることを好まないため教室や仕事以外ではあまり一緒に行動することはな

く、学生退魔師《たいまし》として忙しくなるにつれて使用人として本家に出入りする機会も少なくなっていたが、今日から夏休みということで早速使用人スタイルに切り替えているようだった。

そんな二人は楓の慌てた様子に面食らったように顔を見合わせつつ、用件を口にする。

「いえあの」

「楓様が昨日おっしゃっていたとおり、古屋《ふるや》晴久様がいらっしゃいましたのでお呼びに」

「え……!?」

その報告を受けて楓は目を見開いた。

(もうそんな時間……!?)

一体どれだけベッドの上で悶々《もんもん》としていたのか。

金狐と銀狐が言うように時計はすでに十五時を指していて、楓は慌てて晴久が待つ応接間へ向かうべく立ち上がった。が、そこで楓の動きがぴたりと止まる。

帰宅してから着替えずにずっとベッドの上で懊悩《おうのう》していたせいでぐしゃぐしゃの制服、汗を拭《ふ》き取っていない身体……そんな自分の状態に気づき、楓が思うことは一つ。

こんな格好で晴久の前に出て行けるわけがない。

「ふ、古屋君にはもう少しだけ待つように伝えておきなさいっ」

いつもの冷静さはどこへやら。

楓は金狐と銀狐にそう言いつけると、慌てた様子で部屋を飛び出し浴室へと走った。

主のそんな常ならぬ様子を目の当たりにした金狐《きんこ》と銀狐《ぎんこ》はといえば、

「本当に楓《かえで》様の様子がおかしい……まさかあのクソガキ《古屋晴久》がほざいていた戯言《ざれごと》は……」

「あながち間違いでもないのでは……」

再び顔を見合わせ、声を重ねるようにして困惑するのだった。

4

大急ぎで身なりを調える。

夏にふさわしい涼やかな私服に袖を通した楓は金狐と銀狐を引き連れ、堂々とした足取りで応接間へと向かっていた。

だがその足取りは応接間へと続くふすまの前でぴたりと急停止する。

「あの、楓様?」

「どうされました?」

後ろから金狐と銀狐が声をかけるが、楓はそれどころではなかった。

なにせ、晴久《はるひさ》とはキスをしたあの日以降、初めて顔を合わせるのだ。

いきなり顔を見て平静でいられる自信がない。

そこで楓はそっとふすまを開け、隙間から中を覗《のぞ》き見る。

「……っ」

いた。

そこには制服姿の晴久が一人、やたらと真剣な表情で正座していて、楓の心臓が少々危険な勢いで跳ねる。頬《ほお》が上気して息苦しささえ感じるほどだ。

（落ち着きなさい……いつも通りに……）

そこで楓は胸の高鳴りを抑えるように目を閉じて深呼吸。

金狐と銀狐が「やっぱりおかしい……」「いつもの楓様じゃない……」とひそひそ言葉を交わしていることにも気づかずどうにか顔の火照《ほて》りを抑えると、そこでようやくふすまに手をかけた。

「……ごめんなさい、待たせたわね」

「楓！　やっと来てくれたか！」

と、楓がいつもの冷徹な表情で応接間に顔を出した途端、晴久が腰を浮かせる勢いで声を張り上げた。

楓が晴久のその様子に少々面食らっていると、晴久は楓の背後に控える金狐や銀狐の方へ誰かを探すように目を向け、

「そういや菊乃《きくの》ばーさんがまだ来てないけど、お前と同じで少し遅れて来るとか？」

「……ああ、そういえば言っていなかったわね。おばあさまは都合がつかなかったわ。いちおう連絡はしておいたのだけど、仮にも退魔師《たいまし》協会の長だから。昨日の今日で時間を作るのは

さすがに無理があったの」

菊乃《きくの》は晴久《はるひさ》が実家を訪ねてくると聞いてすべての予定をキャンセルしかねない勢いだったが、さすがにそこまで無茶苦茶はできなかったようで、結局この場には間に合わなかったのだ。

と、楓《かえで》が努めて事務的にそう説明したところ、

「くそっ！　いつも肝心なときにいないなあのばーさんは！」

突如、晴久が不自然なほど逼迫《ひっぱく》した様子で菊乃の不在を残念がる。

「ばーさんがいれば失敗する確率をほぼゼロにできたのに！」

「……？　ふ、古屋《ふるや》君？」

さらに晴久は意味不明なことを口にしながら畳を殴りつける始末で、楓はいよいよ晴久の様子がおかしいと訝《いぶか》しむ。

人間、自分よりおかしい者がいると急速に冷静さを取り戻すものだ。

楓もその例に漏れずそこでようやく常の冷静さを取り戻したのだが、それと同時にいままで晴久にばかり意識が向いていたせいで気づかなかった気配に気づく。

「……？」

一体なんだと霊感を研《と》ぎ澄ませて探ってみると、それは応接間の周囲に展開する見知った連中の霊気だった。

晴久の背後――下座のふすまの向こうには宗谷美咲《そうやみさき》と烏丸葵《からすまあおい》、庭の奥には文鳥桜《ふみどりさくら》の霊力が

息を潜《ひそ》めている。

その布陣は背後に控える金狐《きんこ》と銀狐《ぎんこ》も含めると、まるで楓を包囲しているかのようで……これはどういうことだ、と楓はいよいよ眉をひそめる。

「……古屋君？　そういえばまだ聞いていなかったけれど、今日はここになんの話があって来たのかしら……？」

そう楓が尋ねると、晴久は――つい先日キスをした幼馴染《おさななじみ》の実家に、それも日本最大級の霊能名家である葛乃葉《くずのは》家に当主である葛乃葉菊乃の同伴を要求しながら乗り込んできた少年は――意を決したように顔を上げる。

そして「……楓、落ち着いて聞いてほしいんだが」と前置きすると、これ以上なく真面目な表情でこう言い放った。

「俺は、怪異《かいい》化しかけているお前を秘密裏に除霊しに来たんだ」

「……………………………………は？」

楓の表情から感情という感情が抜け落ちた。

「……………それは一体……どういうことかしら……？」

霊級格《スケールセブン》7もかくやという凄《すさ》まじいプレッシャーとともに楓が声を絞り出す。

するとと晴久《はるひさ》は「ぐっ!?」とプレッシャーに気圧《けお》されながらも必死に口を開き、

「ど、どういうこともクソも……だって楓《かえで》が俺にあ、あんなことするなんて、怪異《かいい》化以外にありえないだろ!?」

「……」

「そりゃ最初は自分でも馬鹿げた考えだと思ったよ！　怪異墜《お》ち対策をしっかりしてるプロ退《たい》魔師《まし》のお前が怪異墜ちなんて！　けどこの前のパーツ騒ぎで、ただでさえ昔から色々とため込みやすくて危なっかしいお前が俺の呪《のろ》いについてすげえ責任と重圧を感じてたってわかってさ……」

「……」

「それにアレだ、責任を感じてたお前がこっそり俺のことを助けるために化けてたんだろう太刀川芽依《あのこうはい》……あの子がなんか、その……情報料代わりにって変なことするようになったのもパーツ関連の情勢が怪しくなりだした時期とかぶるし……お前が俺の呪いについて責任を感じて怪異化が進んでたんだと考えると全部辻褄《つじつま》が合うんだよ！」

——それは、楓が長年にわたって晴久に厳しく接してきたことによる、ある意味では必然的な勘違いだった。

無論、晴久がいくら色恋沙汰《いろこいざた》に異常なほど疎《うと》いとはいえ、仮にも年頃の男子だ。

楓に唇を奪われて「まさか楓は俺のことを……」と思った瞬間がなかったわけではない。

だが幼い頃からすり込まれ続けてきた楓の厳しい態度が、彼女が自分を好きになるわけがないという強烈な先入観が、晴久をとんでもない結論へと導いていた。

すなわち、楓がキスをしたのは自分に好意を抱いているからではなく、怪異化の過程で異常行動が引き起こされた結果なのだと。

……実のところ、晴久もどういう怪異が発症すればキスに繋《つな》がるのだろうかと首を捻《ひね》ってはいたのだが、元来怪異とは意味不明な理屈で意味不明な凶行に及ぶもの。

楓が自分に好意を抱くなどという怪奇現象に比べれば、怪異化によるキスと考えるほうが（晴久にとっては）よほど合理的な結論だった。

「……」

そしてそんな晴久のアクロバティックな論理展開に楓が言葉を失う中、晴久はなおも必死に訴える。

「悪い、気づけなかった俺のせいだ。パーツの件でお前に負担をかけてたのは俺だったってのに……けど最低限の責任は取る！　このことを知ってるのはここにいる面子《メンツ》だけ。いまここで除霊しちまえば、葛乃葉《くずのは》家の次期党首が怪異墜ちしたなんてスキャンダルはどこにも漏れない、なかったことにできるんだ！　だから楓、大人しく霊視と除霊を受けてくれ！」

「……」

晴久のその懸命な様子から、楓は晴久が自分のことを本気で心配してくれているのだと如実に感じ取っていた。その声も目も、晴久《はるひさ》があの日、自分の命も立場も顧《かえり》みずに槐《えんじゅ》を救おうとしていたときにそっくりだ。

秘密裏に除霊しようとしてくれているのも、葛乃葉《くずのは》家次期党首の怪異墜《かいいお》ちなどというスキャンダルで楓《かえで》がさらに落ち込むことがないようにとの配慮だろう。

そんな真剣な優しさを意中の異性から向けられて嬉しくないわけがない。

さらにいえば、なんだかこのままいけば先ほどまで楓が切望していた通り、キスの一件がうやむやになりそうな流れである。

晴久の呪《のろ》いが解決したわけでもない状況でやってしまった最大のミス《キス》がなかったことになるなど、本来ならどんな霊能力でも不可能なはずだった。

あまりにお粗末な晴久の頭脳に今回ばかりは感謝するほかなく、楓は心のどこかでこの流れにほっと胸を撫《な》で下ろしていたほどだ。

……だが、まあ、それはそれとして。

「……古屋《ふるや》君」

楓の口から、その場にいる全員が竦《すく》み上がるような低い声が漏れた。

「あなたは本気で、怪異化の影響で私がキスをしたと思っているの……!?」

葛乃葉楓、ブチ切れである。

九本の獣尾と青白い狐火《きつねび》を膨大《ぼうだい》な霊力とともにまき散らしながら、人でも殺しそうな目で晴久を睨《にら》み付ける。

だが怒りに我を失ったその言動は完全に墓穴でしかなかった。

すぱーん！

と、ふすまを開けて応接間に現れたのは、楓の発言を耳にした烏丸葵《からすまあおい》である。

「ふぁ――!?　古屋から様子がおかしいとは聞いていたが、まさかあの楓嬢が自分からキスをしただと!?」

興奮しきったような様子でそう烏丸が叫んだかと思えば、

「「キス!?　マジですか楓様!?」」

楓の背後に控えていた金狐《きんこ》と銀狐《ぎんこ》が取り乱し、現状一番の恋敵であろう宗谷美咲《そうやみさき》に至っては、

「……う、うわぁ」

と、ふすまの向こうから同情するようにこちらを窺《うかが》っているような有様《ありさま》だった。

「……っ!?」

楓は自らの失言に気づいて「しまった」と口を押さえるがもう遅い。

言い間違いだと訂正しようにも羞恥心《しゅうちしん》は限界突破。

耳まで顔を赤くした状態ではどんな言い訳も説得力皆無であり、そもそもこんな状態でまと

もな言い訳など思いつくはずもない。

ゆえに、

「～～～～っ！　ええそうよ、全部……全部怪異《かいい》のせいよ！」

進退窮まった楓《かえで》はすべてをうやむやにすべく、凶暴化したふりをして晴久《はるひさ》に襲いかかった！

「ぐあああああっ!?　や、やっぱり怪異化が進んでたんだ！　早く除霊しないと！」

獣尾で両手を塞《ふさ》がれた晴久が床に繰り返し叩《たた》きつけられながらも懸命に叫ぶ。

だが、

「「「…………」」」

誰もそれを助けようとはしない。

それどころか一同は互いに目配せすると、ボコボコにされる晴久に呆《あき》れた視線を向け、

「「……これはさすがに」」

「うん……」

「古屋《ふるや》が悪いな……」

金狐《きんこ》と銀狐《ぎんこ》、宗谷美咲《そうやみさき》、果ては変態烏丸《からすま》までもが一連の流れや楓のリアクションから諸々の事情をある程度察したのだろう。

楓の折檻《せっかん》を完全に見て見ぬふりすることを決め、一斉に晴久から目を逸《そ》らす。

「えっ!?　ちょっ、お前らなんで!?　……っ！　まさか楓の怪異化能力は洗脳かなんかなの

か!?」

と、一人だけなにもわかっていない晴久《バカ》が喚《わめ》いていたところ、

「ちょっとあんたら!?　お兄ちゃんがやられてるのになんで傍観してんのよ!?」

庭に待機していたせいでキス云々《うんぬん》を聞き逃していた桜《さくら》が慌てて飛び出してくる。

「てゆーか私も女狐《めぎつね》の様子がおかしいとは思ってたけど、お兄ちゃんに襲いかかるなんてまさか本当に怪異化してたの!?」

言って、独鈷杵《とっこしょ》やら護符《ごふ》やらを構えた桜は晴久を救うべく楓に飛びかかるのだが、

「これ以上事態をややこしくしないでくれ！」

「あなたまで参戦したらさすがに収拾がつかなくなります！」

すかさず金狐と銀狐が二人がかりで止めに入る。

しかし事情を知らない桜が止まるわけもなく「ちょっ!?　なんであんたらが止めに入るわけ!?」と叫びながら当然のように反撃。大乱戦が巻き起こった。

応接間はもはや阿鼻叫喚《あびきょうかん》の地獄絵図。

晴久の悲鳴がＢＧＭに響くカオスな有様《ありさま》となっていた。

「…………………はぁ」

そんな無茶苦茶な状況を作り出す原因となった晴久に折檻を続けながら、一通り暴れて少しばかり落ち着きを取り戻した楓は盛大な溜息《ためいき》を吐《つ》く。

（私が怪異墜《かいいお》ちしたなんて勘違いで葛乃葉《くずのは》家に乗り込んでくるなんて、本当にこの男は昔から救いようのない愚か者だわ……）

（けどこれで、キスについては誤魔化《ごまか》せる。この想いも、いまは少しだけ抑えよう。魔族が古屋《ふるや》君や宗谷美咲《そうやみさき》を狙《ねら》う状況が続いているいまは、きっとそれが最善なのだから）

パーツを狙う魔族の脅威に立ち向かうためには、浮わついた気持ちなど邪魔になるだけ。一退魔師《たいまし》として、以前のように晴久《はるひさ》と接するのがベストだろうと、楓《かえで》はそのストイックな考えを自分に言い聞かせる。

ただ、その一方で、

（いまは可能な限り気持ちを抑える……けど、古屋君の呪《のろ》いが完全に解決したそのときは……）

再び火のついてしまったこの想いがどう爆発するかわからない。

どうしようもなくうずく唇と下腹部を抑えるようにして、楓は獣尾で無茶苦茶にされる晴久を爛々《らんらん》とした瞳で見下ろすのだった。

「さて……じゃあそろそろこのバカ騒ぎを収拾しないといけないわね」

依然として続く応接間のカオスな状況に終止符を打つべく、楓は再び溜息《ためいき》を吐《つ》いた。

この一連の騒ぎは楓が怪異化したという晴久の勘違いから始まっている。

とりあえず形だけでいいから楓を除霊したということにしなければ、キスの件をうやむやにしたまま事態を収拾することは不可能だろう。

というわけで楓は大乱戦を行っている桜《さくら》たちを除き、この場で唯一怪異落としを行える人物――宗谷美咲に目を向けた。

「そっか……合意の上のキスじゃなかったんだ……けどなんか、なんだろ……まだモヤモヤする……」

なにやらぶつぶつ言っているが、乱戦に巻き込まれることもなく手持ち無沙汰《ぶさた》にしている状況には変わりない。

楓はこれから行われる「打ち合わせ」を見聞きされないよう晴久の顔をがっつり獣尾で覆《おお》うと、それから美咲に声をかけた。

もう晴久への想いを本人以外に隠すつもりのない楓は美咲の淫魔眼《いんまがん》を避けようとはしない。少なくともキスについてはもうバレているのだからと開き直っていた。

そうして楓は「ふぇ!?」と急に声をかけられて驚く美咲に「怪異落としをかけるフリ」を頼んだのだが、

「え、ええと……」

「？」

なぜか美咲《みさき》の歯切れが悪い。

別に本気でなんの異常もない楓《かえで》の魂に怪異《かいい》落としをかけろと言っているわけではない。

霊感に乏しい晴久《はるひさ》にもわかる程度にわかりやすく派手な感じで術式を発動してくれと言っているだけである。

昔の落ちこぼれだった美咲ならともかく、人式神の獲得によってかなりの霊力を捻出《ねんしゅつ》できるようになった彼女には簡単な話のはずだ。

「え、えと、じゃあ、やってみます……」

と、楓の理路整然《りろせいぜん》とした物言いに折れた様子で、美咲がおずおずと楓の背後に回る。

「……？」

一体なんだったのか。

美咲の態度を不思議には思ったが、いまはひとまず事態の収拾が優先だ。

そうして楓は晴久の目隠しを少しずらし、怪異落とし《茶番》が行われる瞬間を見せるべく立ち回っていたのだが……美咲が怪異《かいい》落としを発動させたそのとき、

「……!?　ちょっと待ちなさい」

そこでようやく、楓は美咲の異常に気がついた。

それは、楓の怪異化などという馬鹿げた勘違いとは比べものにならないほどの大問題。

「あなた、その矮小《わいしょう》な霊力はなに……？」

「あう……」

美咲が気まずそうに身体《からだ》を縮こまらせる。

手を抜いているとか、たまたま霊力が切れかかっているとかでは断じてない。

いまだに魔族がパーツ持ちを狙《ねら》う状況が続いているなか――。

宗谷《そうや》家はムラの激しい家系……そんな言葉では説明できないほど、美咲の力が根本的に弱体化していた。

第二章　罰則労働 on the 逆ナンビーチ

1

楓《かえで》の怪異《かいい》化という大事件をどうにか秘密裏に解決した——とは言っても俺はほぼ楓にボコられていただけで、最終的に除霊を行ったのは金狐《きんこ》と銀狐《ぎんこ》だったが——その翌々日。

先日の霊級格《スケールセブン》7事件で大目玉を食らった俺、宗谷《そうや》、烏丸《からすま》、桜《さくら》、楓の五人は電車に揺られ、罰則労働をこなすためにある場所へと向かっていた。

罰則労働というからにはどんなおどろおどろしい現場に連れていかれるのかと身構えていた俺だったのだが……そこは予想に反してとてつもなく爽《さわ》やかな場所だった。

「海だあああああああああ！」

トンネルを抜けた瞬間に現れた一面の大海原に、烏丸が大はしゃぎで声を上げる。

そう。

俺たちの罰則労働に選ばれた現場は海。

それも毎年何千何万という人が訪れる日本最大級の海水浴場、穂照《ほてり》ビーチだったのだ。

車窓から見える景色は一面の青い海。そして空。

もうお盆過ぎだというのに砂浜には遠目にもたくさんの人がいて、夏の陽気を楽しむ明るい空気がここまで伝わってくるかのようだった。

だが罰則労働の地に選ばれるだけあって、もちろんここはただのビーチじゃない。

穂照ビーチはいわゆる《忌《い》み地》。

お盆になると海流や地脈の関係で海の雑霊や負の感情が溜《た》まってしまう海岸のひとつで、毎年この時期になると海岸周辺の結界補修や溜まった雑霊の処理を行うのが通例になっている土地なのだった。

これは本来、プロの退魔師《たいまし》たちがそれなりの人数で取りかかる大規模案件なのだが……今年は少し事情が違った。

ここしばらく続いていた一連の騒ぎで退魔師業界はどこもかしこも疲弊《ひへい》状態。

協会では現在、頑張って騒ぎを乗り越えた全国の退魔師たちに長期休暇を言い渡しており、そんな彼らの代わりに俺たちが数日をかけて諸々の作業を請け負うことになったのだった。

夏は怪談という世間のイメージに反し、この季節は人々から発せられる正の感情が増えることで悪霊《あくりよう》怪異《かいい》の動きが鈍る退魔師業界の閑散期。

加えて先日の霊級格《スケールセブン》7事件では鹿島霊子《かしまれいこ》をはじめとした大量の霊能犯罪者や呪具《じゆぐ》が摘発され

たということで、退魔師業界は久々にかなりの余裕ができているという。

つまり現在の退魔師業界は空前の休養期。

やむを得なかったとはいえ先日の事件では俺の独断でかなりの人に迷惑をかけてしまったし、この罰則労働でゆっくり休める人がさらに増えてくれるなら本望だと、俺はそれなりに真面目な面持ちで駅に降り立っていた。……のだが、

「わはははははっ！　夏休みに報酬もなしの罰則労働と聞いて萎《な》えていたが、まさかその舞台が穂照ビーチとは！　最の高としか言いようがないのだ！」

「ちょっと変態女！　あんたさっきからなに騒いでんのよ！　退魔学園《たいまがくえん》の制服で来てるんだから大人しくしてなさい！」

なぜかずっとテンションの高い烏丸《からすま》を桜《さくら》が怒鳴りつける。

しかし烏丸は夏の陽気に当てられたかのようにまるでへこたれず、

「ふはははははっ！　これが騒がずにいられるか！　なにせこの穂照ビーチは有名なナンパの名所！　いや正確には、世にも珍しい逆ナンの名所なのだ！」

などと意味不明なことを言い出した。

「ぎゃ、逆ナンの名所？」

なんじゃそりゃ。

妄言《もうげん》にしか思えない烏丸の発言につい反応をしてしまう。

　すると烏丸《からすま》は目が合った人間に絡む怪異《かいい》がごとく俺に近寄ってきて、

「気になるか？　気になるな？　うむ、ならば説明してやるのだ！　ここは元々宿泊施設が多いという性質上ナンパの盛んなビーチだったのだが、SNS映えする立地からいつしか女性客のほうが多くなっていったのだ！　その結果、出会いを求めてやってくる男女の積極性がいつしか逆転！　ここでは女のほうから誘うほうが自然という暗黙の了解が生まれ、全国から肉食系お姉様が集まってくる特殊なビーチと化しているのだ！」

「う、嘘《うそ》くせぇ……」

　鬱陶《うっとう》しく熱弁してくる烏丸に俺は懐疑的な視線を送る。

　が、言われてみれば確かに海沿いのおしゃれな街並みには明らかに女性が多く、なんだか性に開放的な（ように見える）派手な格好をした人の割合が多いように見えた。

　ええ、まさか本当なのか……？

　さすがにただの噂《うわさ》を烏丸が真に受けてるだけだとは思うんだが……。

「ふははははっ！　性欲旺盛《おうせい》なお姉様方が多いなら、私のナンパ成功率も跳ね上がるというもの！　さらに退魔師《たいまし》として活躍する姿も見せれば肉食女子の股間《こかん》など自動ドアも同然なのだ！　ふひひっ、『もう水着なんか着れないねぇ』と言いながら縛って縄の痕をつける想像が止まらない……俄然《がぜん》やる気が漲《みなぎ》ってきたのだ！」

　と、烏丸は突如としてヒートアップ。

荷物も放り出してビーチへと突撃しはじめたのだが、

「いやちょっと、どこ行くつもりなのよ！」

桜《さくら》がその襟首《えりくび》をひっ掴《つか》む。

そして大はしゃぎの烏丸へ、無慈悲な真実を口にした。

「なにを勘違いしてるのか知らないけど、私たちが拠点にするのはお盆になると同時に閉鎖される第二ビーチのほうよ。まずはそこに雑霊が溜《た》まるから、人がいっぱいいる第一ビーチのほうに雑霊が溢《あふ》れないように処理するのが仕事なの。喜びなさい。私たち以外に部外者なんて誰もいない完全なプライベートビーチよ」

「……は？　う、嘘《うそ》なのだああああああああああああ!?」

そうして俺たちは泣き叫ぶ烏丸を引きずり、目的地である第二ビーチへと向かうのだった。

駅からしばらく歩いて辿《たど》り着いたのは、ちょっとした隠れ家のようになっている入り江の砂浜だった。

第二ビーチといってもかなり広く、白い砂浜と綺麗《きれい》な海がどこまでも広がっている。

そんな景色の中で少し異彩を放っているのは、小高い岩場の上に建てられた特大ペンションだった。

監視塔のように入り江を見渡せる立地にあるその建物は、軽く数十人程度の客が泊まれそうな敷地面積の広い三階建てで、今回の仕事では俺たちの貸し切りになっていた。

「結界補修の退魔師《たいまし》受け入れのためにこの時期は毎年貸し切りにしてるらしいけど、俺たちだけで使うのはなんか申し訳ないな……」

近づくにつれてはっきりと目に入ってくるそのおしゃれな外観に俺が少しばかり気後《きおく》れしていたところ、

「おーっ！　やっと来たな！」

「……あっ、晴久《はるひさ》君……だ。それに、みんなも……」

俺たちに先んじて宿の玄関先に立っていたのは、二人の少女。

夏らしい軽装の南雲睦美《なぐもむつみ》と、涼やかな白いワンピースの小日向静香《こひなたしずか》先輩だ。

実は今回の罰則労働には、俺を助けるために霊級格7《スケールセブン》討伐妨害に加担したこの二人も参加することになっていたのだ。

ただ、仮にも退魔学園《たいまがくえん》の生徒ということで急遽《きゅうきょ》罰則労働の対象となった南雲とは違い、本来なら能力講習カウンセリングの延長だけで済むはずだった小日向先輩が罰則労働に参加することになったのはある理由があった。

それは、男性恐怖症緩和のリハビリをがっつり進めるため。

小日向先輩のリハビリに協力すると約束した俺だったが、ここしばらくはバタバタしていて協力できない日々が続いていた。

カウンセラーさん曰《いわ》く俺が協力するかしないかでリハビリの進み具合がかなり違ったとのことで、わりと時間が取れそうな今回の仕事の合間に、できるだけリハビリを進めてほしいと頼まれたのだった。

そういうわけで小日向先輩は食事の準備や宿泊施設の掃除、洗濯など、後方支援という名目で罰則労働に参加。並行して男性恐怖症の緩和を進めていくことになっていた。

つまり俺は今回、雑霊処理という労働に加えて小日向先輩のリハビリも同時に進めていくことになっているのだが……実はそれらの課題に加えて俺はさらにもう一つ、解決しなければならない重大な問題を抱えていた。

それは――、

「あわわっ」

「あっ、おい大丈夫かよ宗谷《そうや》」

俺の前を行く宗谷が危なっかしくふらつく。

女子特有の巨大な荷物を非力な霊級格《スケール》1式神《ワン》の補助だけで宿の中に運び込もうとしてバランスを崩したのだ。

俺は慌ててそれを支える。

「重いならちゃんと言えよな。霊力が落ちてんだから無理すんなって」

――そう、なぜか先日から、宗谷の霊力がガタ落ちしてしまっているのだ。

幸い、いまは霊力節約のために霊級格《スケールワン》1の式神を使役しているだけで、本気を出せばもう少しまともな式神を使役できるらしい。ミホトの封印や指輪による激痛の制御にもギリギリ問題ない水準なようで、そこはひとまず安心なのだが……。

その霊力は十二師天《じゅうにしてん》や霊級格《スケールセブン》7を相手にしていたときとは比べものにならないほど低く、魔族がいまだに俺たちのパーツを狙《ねら》っているだろうことを考えればあまりに心許《こころもと》ない状態が続いていた。

いくら指を舐《な》めても霊力は少ししか回復しないし、宗谷《そうや》に理由を聞いてみても「わ、わかんない！」とあたふたするのみで進展はなし。

当然、このことは宗谷の母親、真由美《まゆみ》さんにも相談してみたのだが、

『私からも美咲《みさき》に話を聞いてみますが……これはあなたと美咲、二人の個、人、的、な信、頼、関、係に関することなので、第三者の介入でこじれる恐れもあります。ギリギリまで自分たちでなんとかするように』

真剣な声音《こわね》に反してどうにも曖昧《あいまい》な返事しかもらえなかった。

信頼関係って言われてもな……こんなに霊力がガタ落ちするほど宗谷の心証を悪くするようなことをしただろうか。わからない。

けど性的快感を霊力に変えるという宗谷家の能力が信頼関係とやらに左右されるというのは以前にも聞いた話なので、俺は意識して宗谷の信頼（？）を取り戻そうと頑張ってみているの

だが――

「ほら、こっちの荷物は俺が持つから」

「え？　う、うん。ありがとっ」

宗谷はわりと普段通りの様子で素直に荷物を預けてくる。

けどなんだか不自然なまでに俺の顔を見ないようにしており、どうにも気持ちが噛《か》み合っていないような印象を受けた。

うーむ、どうしたもんか。

昨晩などは藁《わら》にも縋《すが》る思いでミホトにまで相談してしまったのだが、当然、まともな答えは返ってこなかった。

ミホトは天敵である宗谷が弱体化していたほうが都合がいいのか、それとも単にこの前の騒ぎで吸収した《サキュバスの角》の制御と不幸能力の解体で手一杯な状態が続いているのか、

『変に引っかき回して宿主が刺し殺されるような事態になったら困るので、下手《へた》に口出しできません。怖いです』

などと意味不明なことを言い放ってあとはだんまり。

案の定、なんの頼りにもなりはしなかった。

本当にどうしたものやら、と俺が頭を悩ませていると、

「ちょっと古屋《ふるや》君。いまの露骨な点数稼ぎはなに？」

ダメ出しするようにそう耳打ちしてきたのは、いち早く宗谷《そうや》の異変に気づいた楓《かえで》だった。

さらには楓と同様に宗谷の異変について把握している桜《さくら》が俺の服をちょいちょい引っ張り、

「女狐《めぎつね》の言う通りよ。焦《あせ》りすぎ。人式神云々《うんぬん》についてはよく知らないけど、信頼関係を取り戻すっていうならあんまり露骨にやっても逆効果だし、急いじゃダメ。罰則労働で時間はたっぷりあるんだから、もうちょっと考えて動きなさいよね。……いや別に、お兄ちゃんが美咲《みさき》にばっかりかまってるのが癪《しゃく》に障《さわ》るわけじゃなくて」

「う……す、すまん」

楓と桜に至極《しごく》もっともなことを言われて俺は言葉に詰まる。

まあ確かに……桜が言う通り原因もわからない状態じゃあ空回りするだけだし、ひとまずやることやりながら様子見したほうがマシか……。

そうして俺は宗谷との件をいったん脇に置き、ひとまず目の前の罰則労働に集中すべく、みんなと一緒にペンションの軽い掃除に取りかかるのだった。

2

軽い掃除を終えてそれぞれの部屋を決めたあと、俺たちは早速水着に着替えて海岸に集合することになった。

とはいっても、いきなり雑霊の相手をするわけじゃない。

沖合の結界を緩《ゆる》めても夜にならないと上陸してこない雑霊の相手は日没後が本番。

まだお昼前である現在は結界の補修箇所をチェックしたり地形を把握したりと、明るいうちにやっておくべき下準備の時間なのだ。

「ええと、男子更衣棟ってのはこいつか」

玄関先の案内に従って少し歩くと、その建物はすぐ見つかった。

ペンション内に水滴を持ち込まないようにとわざわざ別戸に建てられたシャワー付きの更衣室だ。

特に準備することもないのでぱぱっと着替え、第二ビーチへと向かおうとした。

そのときだ。

「おい古屋《ふるや》！」

突如。はぁはぁと息を切らした烏丸《からすま》が更衣室に突っ込んできた⁉

「ちょっ、なんだよお前！　ここ男子更衣室だぞ⁉」

「だからどうした、すでに水着に着替え終わっているのだから問題ないだろう！　それより大変なものを発見したのだ！　時間がない、早く一緒に来るのだ！」

水着にも着替えずスーツ姿のままの烏丸が俺の手を引く。

その剣幕と勢いに流されるように連れてこられた先にあったのは、崖沿いにある小綺麗《こぎれい》な建物だった。なんだかやたらと人目を避けるような場所にある。

さらに烏丸《からすま》はその建物の裏手、岸壁ギリギリのちょっと危ない場所に回り込むと、なにやら壁にあいていた小さな穴を指さし、

「ここだ。早く覗《のぞ》いてみるのだ」

「ああ？　一体なにがあるっつーんだよ……」

促されるまま穴を覗く。

その瞬間――俺は頭の中が真っ白になった。

「うわ……っ!?　小日向《こひなた》さん、やっぱり凄《すご》いプロポーション……」

「え……そ、そうかな……？」

「な、なにその胸……ちょっ、本当に同じ日本人なわけ……？」

「あなたたち、騒いでないで早くしなさい。遊びで来たわけじゃないのよ」

そこに広がっていた光景は、一面の瑞々《みずみず》しい肌色。

芸術品のような曲線や白い肌、しなやかな肢体《したい》を無防備に晒《さら》した宗谷《そうや》たちがかしましく着替える様子がはっきりと目に飛び込んできた。

「……っ!?」

思わず声をあげそうになるほど驚き、俺は慌てて穴から顔を離す。

そして大声で怒鳴りつけたい衝動を必死に堪《こら》え、心臓をバクバクさせながら烏丸に詰め寄った。

「バ……っ！　お前これ女子更衣室……覗きじゃねえか……!!」

するとは烏丸はきょとんとした表情で、

「？　当たり前だろう？　夏の海で私が大変なものを発見したと言えば覗き穴しかないではないか。わかっていてついてきたのではなかったのか？」

「いや確かにそこは俺が迂闊《うかつ》だったけど！　お前だっていちおう女なんだからわざわざ覗きなんてせずとも堂々と一緒に更衣室に入るだろって先入観が……」

そう言いかけたところで俺ははたと思い出した。

そういやこいつ、銭湯を覗いてたときも「一緒に入らずに覗いたほうが興奮する」とか言ってたわ！　うわ、マジで完全に俺が迂闊なだけだった！

「ああもういい！　とにかくこんなこと付き合ってられるか！」

楓《かえで》たちにバレたら殺されるだけじゃ済まない。

成仏を阻害されて魂まで拷問《ごうもん》にかけられるに違いないと、俺はすぐさまこの超絶危険地帯から逃げだそうとしたのだが、

「なっ、ちょっと待つのだ古屋《ふるや》！」

烏丸が俺の手をがっつり掴《つか》んで引き留める。

「もし楓嬢たちに覗きがバレたとき、貴様が一緒にいれば怒りの矛先《ほこさき》がすべて貴様に向くというメリットがあるのだ！　だからせめて私が安心して見抜きを完了するまで待て！」

「ふざけんな馬鹿野郎！」

こいつ、そのためにわざわざ俺を覗《のぞ》きに誘いやがったな⁉

俺は一刻も早くこの場から離れるべく全力で烏丸《からすま》を引き剥《は》がしにかかる。

が、そのとき。

「……あれ？　なんか外が騒がしいような」

「まさか、覗き⁉」

うわっ⁉　なんか宗谷《そうや》たちが俺たちに気づいたような気配！

ヤバいヤバい！　冗談抜きでこれはヤバい！

多少強引にでも烏丸を振り払わないとガチで殺される！

と、火事場の馬鹿力を発揮した俺が大慌てで烏丸を振り払った、そのときだった。

ずるっ。

「――えっ？」

俺はこのとき、焦《あせ》りすぎてすっかり失念していたのだろう。

いま自分たちのいる場所が、岸壁ギリギリのちょっと危ない場所だということを。

気づいたときにはもう遅い。

「だあああああああああっ⁉」

不可抗力とはいえ覗きなんてしてしまった天罰か。

逃げることに夢中で岸壁から足を踏み外した俺は、崖下へと転落した。

「わあああああああっ!?　身代わりいいいいいいいいいいいいっ！」

烏丸が俺を心配してるんだかしてないんだかわからない悲鳴を上げる。

「ぐっ!?」

そうして落下する最中、俺は咄嗟《とっさ》に両手のブレスレットを外した。

人外化することで極端に硬度の増した両手の指先を岸壁に引っかけて落下の勢いを殺す。

そして――バッシャアアアアアン！

運良く水場に落下した俺はどうにか事なきを得るのだった。

あ、あぶねぇ……。

ここ、思いっきり岩礁地帯だし、潮が満ちてなかったらさすがにヤバかった……。

俺はびしょ濡《ぬ》れになりながら岩場に上陸。

よくこの高さから落ちて無事だったたな……と崖を見上げながらブレスレットの封印をかけ直していたときだった。

「……ん？」

ふと視界の端に映り込んだのは、波の浸食でできたのだろう大きめの洞窟《どうくつ》。

特になにかおかしな点があるわけでもなかったのだが、まあ男子の性《さが》というものだろう。

中がどうなっているのか気になってちょっと覗いてみる。

するとそこには、

「……祠《ほこら》？」

入り口から数メートルほどで行き詰まった洞窟《どうくつ》の奥にあったのは、いつ作られたのかもわからないボロボロの小さな祠だった。誰かが管理している様子もない。

「なんだ……？　位置的に、沖合や砂浜の結界を保持する要ってわけじゃなさそうだし……」

もしかすると大昔の雑霊対策に使われていたものだろうか……と首を捻《ひね》っていたところ、

「ぎゃああああああああああああああああああああああああっ⁉」

「あ……やべっ」

楓《かえで》たちに見つかったのだろう。

上から烏丸《からすま》の断末魔が響き、俺は慌てて洞窟から飛び出した。

俺を身代わりにしようとしていた烏丸のことだ。

折檻《せっかん》を少しでも緩《ゆる》くするために俺の名前を出す可能性が高い。

ここにいたら途中まで覗《のぞ》きに参加していたことを疑われると、俺は祠のことなどすっかり忘れて第二ビーチのほうへと走るのだった。

3

「あー……それにしても迂闊《うかつ》だった……宗谷《そうや》たちに悪いことしたな……」

いち早くビーチに到着した俺はさっき見た刺激的な光景を忘れようと、爽《さわ》やかな海をぼーっと眺めていた。

幸い脱ぎかけの服や角度の関係で本当にまずいところまでは見えなかったとはいえ、覗きは覗き。このままじゃあ宗谷との信頼関係回復もクソもない。

最悪の場合は桜《さくら》あたりにぶん殴ってもらって記憶を飛ばそうと思っていたのだが……そんな俺の決意は無残にも打ち砕かれることとなった。

なぜなら次の瞬間、先ほど目撃したのよりずっと刺激的な光景が目に飛び込んできたからだ。

「うわ――っ、やっぱり凄《すご》く良いビーチだよね、ここ」

「ま、さすがは日本有数の海水浴場ってことじゃない？」

「……わぁ。私……海水浴って初めてだからドキドキする……」

「まったく子供じゃないのだから、全員少しは落ち着きなさい」

わいわいと言葉を交わしながら、崖上にあるペンションとビーチを繋《つな》ぐ階段を下りてきた宗谷たち。

当然全員が水着なのだが……それがどうにも目のやり場に困る代物だった。

まず目に飛び込んでくるのは、大胆なビキニ姿の宗谷と桜だ。

片や天真爛漫《てんしんらんまん》、片や妹分ということもあって変にエロいわけじゃないのだが、なんというか、その、二人とも着痩《きや》せするタイプなのだろう。

制服姿のときよりもずっと強調される胸元の揺れや健康的な太もも、芸術的な曲線を描くびれは夏の日差しを反射して白く輝いていて、直視するのも憚《はばか》られるほど綺麗《きれい》だった。

だがそうして目を逸《そ》らした先にあるのは、芸術品のように整った楓《かえで》の水着姿。

腰にパレオを巻いたビキニなので、一見して露出度は低いように見える。だが薄いパレオに透けて見える太ももがなんだかやたらと艶《なま》めかしく、こちらの想像をかき立てるようでむしろ余計に扇情的な代物になっていた。

普段厳格な楓が水着姿を晒《さら》しているだけでなんだか酷《ひど》く背徳的な気分になってくるというのに、シミ一つない白磁のような肌や整った肢体《したい》がさらにこちらの理性をかき乱してくるようだった。

そうしてまた俺は自分を律するように目を逸らすのだが……そこにあったのはなんかもう水着とかそういう概念を超越したなにか。

どう考えても十八歳の日本人とは思えないほどのプロポーションをした小日向《こひなた》先輩が着ていた水着は三角ビキニ。しかもそれは少し紐《ひも》を引っ張ればすぐに脱げてしまうような構造で、どう考えても公序良俗《こうじょりょうぞく》的によろしくない。

そうでなくとも小日向先輩のスタイルがよすぎるせいでいまにも胸やお尻《しり》が布地からまろびでてしまいそうだというのに……そんな大胆な格好をしているわりにはおどおどと自信なさげな先輩の様子もいかがわしさに一役買っているようだった。

というか、なんだこれは。

（なんで全員、さっき俺が覗《のぞ》いちまったときより露出度高いんだ!?）

同世代の男子に比べて著しく性欲が薄い自覚のある俺でさえくらくらときてしまうような光景を前にして、思わず逆ギレ気味に叫びそうになる。

階段のあたりでは覗きの粛正《しゅくせい》を喰《く》らってボコボコにされたらしい烏丸《からすま》が「我が人生に一片の悔いなし……！」と鼻血を垂れ流して倒れているが、あいつがそうなるのも無理はない。

ああくそ、こんなんじゃさっきの光景を忘れるどころじゃないぞ……と俺が両手で顔を覆《おお》っていたところ、

「……ちょっとお兄ちゃん」

少し顔を赤くした桜《さくら》が自分の身体《からだ》を抱いて水着姿を隠すようにしながらジト目でこちらを睨《にら》んできた。

「さっきからなにいやらしい目でこっち見てるわけ？」

「え!?　い、いや別にそんなことは……」

いきなり桜からそう指摘されて俺はしどろもどろになる。

だが桜は俺のそんな言い訳など一刀両断《いっとうりょうだん》。

「嘘《うそ》。ものすごーく目を見開いてこっち見てたでしょ」

そ、そんなにか？　そんなに露骨だったか？

いやでもいきなりこんな水着見せられてノーリアクションなんて無理だろ……。

俺だっていちおう男なんだぞ……。

やらしい目で見られて嫌なのはわかるけど、あんまり責めないでくれと俺が困り果てていたところ——桜《さくら》が再びずいと俺に詰め寄ってきた。

「で？　なにか言うことはないわけ？」

「え？」

「だから！　その……私たち、お兄ちゃんの前で、てゆーか人前でこんな格好するの、初めてなんだけど……」

桜は「もう！」とばかりに拳を握ったかと思うと、なんだかいっぱいいっぱいのように顔を赤くして尻《しり》すぼみな言葉を漏らす。

な、なんだ？　と俺が首を傾《かし》げていると、

「「「……」」」

じーっ。

不意に感じたのは無言のプレッシャー。

宗谷《そうや》と小日向《こひなた》先輩がなにやらもじもじとこっちを見ていて、楓《かえで》でさえも明後日《あさって》の方向を見ながらなにかを待つようにその場を動こうとしない。

……ええと。

もしかして、これはアレか。

女の子がいつもと違う格好をしていたら男は褒《ほ》めろ的なアレか。

そういえば昔、まだ小さかった桜が手作りのアクセサリーやら新しい服やらを身につけては俺に褒められたがっていたことを思い出す。

いやけど……さすがにこの状況で褒めろってのちょっとした逆セクハラじゃないのか？

俺はそんな気まずさに苛《さいな》まれるのだが、同時に先ほど着替えを覗《のぞ》いてしまった罪悪感も手伝って、俺は桜に急《せ》かされるまま正直な感想を口にする。

「……あー、その、みんなすげぇ似合ってるよ。いやほんと、目のやり場に困るくらいだ」

すると桜は「……っ」と一瞬言葉に詰まったあと、

「ちぇっ、みんなか……でも、へ～」

なんだか一瞬だけ唇を尖《とが》らせ、しかし次の瞬間にはぷいと顔を背《そむ》けると、

「やっぱりそういう目で見てたんだ。お兄ちゃんのスケベ」

「なっ!?」

ちょっ、なんだよそれ！　まさか誘導尋問だったのか!?

見れば宗谷は顔を赤くして「そ、そうなんだ……」と俺に変な目を向けているし、楓は明後日の方向を見ながら「さ、最低だわ」の一言。

唯一まっとうに喜んでくれているのは「え、へへ……そうなんだ……」と笑ってくれてい

る小日向《こひなた》先輩くらいで……くっ、また小日向先輩に心を癒やされてしまう。

ああくそっ、なんかすげーいたたまれない。

桜《さくら》はなにが楽しいのか俺の失言をからかうように「スケベ、お兄ちゃんのスケベ」と連呼してくるし……こりゃ早々に話題を変えたほうがよささそうだ。

そこで俺は「さっさと仕事にとりかかろうぜ」と切り出そうとしたのだが、そこでふと気づく。

あれ？　そういえばさっきから南雲《なぐも》の姿が見えないような……。

不思議に思って周囲を見回してみたところ、

「っ!?　な、南雲!?」

いた。

最初は漂着した板かなにかと思ったが、よく見ればそれは階段近くの波打ち際でうつ伏せに倒れているフリルビキニの南雲だった。

周囲には胸を大きく見せるためのパッドが散乱している。

「どうしたんだよお前！」

「う、うぅ……」

慌てて駆け寄り抱き起こすと、南雲はなんだか死にかけのタコのようにぐにゃぐにゃ状態で、

「きょ、巨乳が……水着からはみ出しそうな巨乳がたくさんで生きる気力が……指先一本動

かせな……ぐふっ」

「南雲《なぐも》——っ！」

聞けば、どうやら南雲は水着にパッドを仕込むためにみんなとは別で着替えを済ませ、少し遅れてこの場にやってきたらしい（宗谷《そうや》たちの水着に目を奪われていて気づかなかった）。

だがそこで剥《む》き出しになった小日向《こひなた》先輩たちの圧倒的乳力を感知してしまった南雲は力尽き、階段を下りきると同時に撃沈。

その際に渾身《こんしん》の水着パッドも散乱し、それを回収する気力すら失って打ち上げられた板のように波打ち際で倒れていたらしい。おいおい……。

「南雲！　おいしっかりしろ！　お前あれだ、海岸には出てこずに、さらしをまいた小日向先輩と食事の準備をするとか掃除するとか、後方支援に回ったほうがいいって！」

この罰則労働は南雲には過酷すぎたんだ……。

と、力尽きた南雲を介抱しながら叫んだ俺は、自分のその言葉からふとひとつの疑問にぶち当たる。

（……あれ？　そういや小日向先輩って後方支援名目で参加してるはずなのに、なんで海岸に下りてきてるんだ？）

これから夜に向けた下見を行うから、小日向先輩はあまり関係ないはずなんだが。

俺がそう首を捻《ひね》っていたところ、

「さて、それじゃあ下見をしなくちゃだけど、その前に――」

いつの間にか設置していたビーチパラソルの下にテキパキと南雲を運んで寝かせた桜《さくら》が、突如、高らかにこう宣言した。

「遊ぶわよ！」

「え？」

俺が呆気《あっけ》にとられていると、桜は宗谷とともに勝手知ったる様子で海岸に設置されていた倉庫を解錠。中からポールや長い網、ボールを取り出しはじめ……え？　まさかこれビーチバレーやるつもりなのか？

「ちょっと、海岸に出る時間がやけに早いと思っていれば……一体どういうつもり？」

混乱を深める俺の気持ちを代弁するように、楓《かえで》が首を傾《かし》げて疑問を口にする。

だが桜はそれには答えず、同じように疑問を抱いていた俺に顔を寄せてきた。

「実はね、今回の罰則労働はパーツの解呪《かいじゅ》方法の一端を解明した私たちへのご褒美《ほうび》の側面があるのよ。おおっぴらには報酬なんてあげられないけど、罰則労働の空き時間に遊んでこいってね」

楓と並んでこの罰則労働のまとめ役を担っている桜がひそひそと続ける。

「特にほら、あの女狐《めぎつね》はずっと大変だったでしょ？　だから免許停止になってるいまのうちにしっかり息抜きさせてやってほしいって葛乃葉菊乃《くずのはきくの》から直々《じきじき》に依頼されてんのよ。沖合に溜《た》まってる雑霊もこの面子《メンツ》で数日に分けて相手するなら大した労力じゃないし、それなら遊べるときに遊ばせてやってほしいってね」

そして桜《さくら》はさらに声を潜《ひそ》めると、

「ついでに、いろんなレクリエーションやってれば美咲《みさき》と絡める場面も自然と増えるでしょ」

「な、なるほど……」

桜の話を聞いて俺は感心してしまった。

「再会したときから思ってたけど、桜お前、すっかり頼もしくなったよな」

いつも喧嘩《けんか》しっぱなしの楓《かえで》を気遣ったり、俺と宗谷《そうや》の関係についても気を回してくれたり。

小さい頃から見ているだけになんだかやたらと感慨深い。

「……っ。な、なに言ってんのよ、当たり前でしょ！」

と、桜は褒《ほ》められたのが照れ臭いのか、ぷいとそっぽを向きながらも嬉しそうな声を出す。

俺はそんな桜とともに「まったく、遊びで来てるんじゃないと何度言ったら……」と苦言を呈する楓を「「まあまあまあ」」と押し切り、ビーチバレーの準備に取りかかった。

4

そうして俺たちは協力して準備を終えたのだが、いざチーム分けという段階になって一つの問題が発生した。

「ビ、ビーチバレーだと!?　本当か!?　くっ、私としたことが準備不足だった！　跳ねるおっぱいに揺れる太もも！　かがんだ拍子に強調される尻《しり》！　見逃せない戦いがそこにはあるのだ！」

鼻血から復活した烏丸《からすま》が奇声を上げたかと思うとなぜかペンションのほうへと駆け出していったのだ。

すると学生監査官である桜が「あの変態女を一人になんてできるわけないでしょ！」と至極《しごく》まっとうな理由でこれを追跡。烏丸を相手に一人では危険ということで宗谷と楓もそれに追随《ついずい》し、俺もそれを追おうとしたのだが、

「……晴久《はるひさ》君、晴久君……」

「え……？」

控えめな、けれどはっきりと耳に届く声に呼び止められて立ち止まる。

声の主は小日向《こひなた》先輩だった。

深窓の令嬢である彼女に夏の日差しは思いのほか厳しかったのか。

先輩は南雲《なぐも》と一緒にビーチパラソルの下に敷かれたレジャーシートの上で休んでおり、日陰から俺に手招きしてくる。

一体どうしたのだろうと思ってみれば、

「……あの、ごめんね。でもその……外に置いていかれるのは、少し、怖くて……」

「あ……」

迂闊《うかつ》だった。

小日向《こひなた》先輩は男性恐怖症。

いくらここが閉鎖されて俺たちのほかに誰もいないビーチとはいえ、それでも絶対に誰も来ないという保証はない。

そんな環境に水着姿の小日向先輩を放置するのはいくらなんでも気遣いがなっていなかった。そうでなくとも病的なまでの箱入り状態だった先輩は屋外に慣れていないのだ。ビーチに一人で放っておいていい人じゃない。

いちおう南雲《なぐも》はいるけど、こいつは小日向先輩たちの乳力に当てられてさっきから「あー」とか「うー」とかしか言えなくなってる状態だから頼りないことこの上ないし……。

烏丸《からすま》のほうはまああの三人がいればすぐ捕まえてこられるだろうし、俺はこっちで留守番しておいたほうがよさそうだった。

ただ一つ気になるのは、

「あー、でも、俺で大丈夫ですか？　今日は女装もしてないですけど」

「……うん、平気だよ」

いちおう確認すると、小日向先輩が小さく笑う。

ゆっくりではあるがリハビリの成果は確実に出ているようだ。

良い傾向である。

とはいえこういうのは一進一退が基本だろうし、怖がらせないようにしないとな……と俺は先輩のヤバい水着姿から意識して目を逸《そ》らしていたのだが。

「……ねぇ、晴久《はるひさ》君……時間が空いたいまのうちに、お願いが……あるんだけど……」

ちょんちょん。小日向先輩が俺の腕を指先でつついてきた。

「これ……塗るのを手伝ってくれないかな……？」

そう言って手渡されたのは、サンオイル。

え……手伝うってそれは一体……と、面食らった俺がそれまで目を逸らしていた小日向先輩を振り返ると——先輩は上の水着を脱いでうつ伏せになっていた。

…………えっ!?

「ちょっ、小日向先輩!?」

俺は焦《あせ》って思わず声を上げる。

いやだって、これヤバいぞ!?

ただでさえ先輩の水着はとんでもない代物だったのに、上を脱いだことでさらに破壊力が増している。うつ伏せになってるから胸は見えない大丈夫……かと思いきや、大きすぎるせいで押しつぶされた胸がはみ出し、「背中から胸が見える」状態になっているのだ。

いやいかんこれはいかんっ、と反射的に逃げだしそうになるのだが、

「……リハビリ……手伝ってくれるんだよね……？」

「う……」

がっしりと手首を掴《つか》まれてそう言われればもう動けない。

「……大丈夫、だよ……晴久君《はるひさ》が嫌がることはしないって……前にも言ったよね……？　大丈夫……この日焼け止めオイルを塗ってくれるだけでいいから……マッサージみたいなものだから……それで十分……リハビリになるから……」

大丈夫だよ……ただオイルを背中に塗るだけだからエッチなことじゃないよ……みんなやってることだよ……塗ってくれないと日焼けで背中が酷《ひど》いことになっちゃう……。

先輩の優しくて穏やかな声がするすると耳に入ってきて……俺はいつの間にか両手にたっぷりオイルを取り、先輩の隣で正座していた。

「ええと、じゃあ、いきますよ……？　怖かったりやめてほしいと思ったらすぐ言ってくださいね？」

「……うん、大丈夫……早く来て……」

促されるまま、俺は小日向《こひなた》先輩の背中にオイルを塗りはじめた。

「はうっ♥」

「っ!?　だ、大丈夫ですか!?」

びくんっ！　小日向先輩がその豊満な身体《からだ》を揺らして声を漏らす。

俺は驚いてすぐ手を離すのだが、

「……だ、大丈夫だよ……ちょっとびっくりしただけだから……かまわず続けて……」

「は、はぁ」

そうして俺は引き続き小日向先輩の背中にオイルを塗っていくのだが。

「……はぁ♥　んっ♥　んんっ♥　んっ♥」

なんだか先輩の吐息は妙に艶《なま》めかしい。

加えて、オイル越しに伝わってくる先輩の体温と柔らかい肌の感触。ただオイルを塗っているだけだというのにやたらと官能的で、酷くいけないことをしているように感じられた。

と、一通り背中にオイルを塗り終え、俺が手を離そうとしたときだ。

「……ダメだよ晴久君……もっと丁寧に塗ってくれないと……リハビリにならないよ……」

言って先輩は俺の手を掴むと……自らの脇の下に俺の手を誘導してきた!?

「ちょっ、小日向先輩!?　これはその、ダメじゃないですか!?」

「え？　……なんで？　脇の下なんて……全然エッチな場所じゃないよ……？」

いや確かにそうなんだけど触っていいところかと聞かれるとよくわからんというかなんというかこれ大丈夫か!?　本当に大丈夫なのか!?

俺は盛大に混乱する。

だが背中にオイルを塗りたくったことで諸々の心理的ハードルがおかしなことになっていた

のだろう。俺は促されるまま、先輩の脇へオイルを塗り込んでいく。さらに、

「っ⁉」

先輩の手は脇から脇腹へと俺の手を誘い、俺もそれに従うのだが……いやこれはみ出した胸に触っちゃってないか⁉　俺は慌てて先輩に確認をとるのだが、

「……え？　胸？　……違うよ、ここはギリギリで背中だよ……？」

「で、でもこれ、明らかに膨《ふく》らみが……⁉」

「……私、人より少し太りやすいから……肋骨《ろっこつ》のあたりは背中と胸の境目が曖昧《あいまい》なの……。晴《はる》久《ひさ》君……そういうの、デリカシーがないからあんまりはっきり口にしちゃ……ダメだよ……？」

そうなのか⁉　本当にそうか⁉

けれど確かにそこはギリギリ背中や肋骨と呼べる場所で、俺は先輩に導かれるまま、脇の下からやたらと柔らかい肋骨（？）のあたり、脇腹にかけて丹念にマッサージさせられる。

「んっ♥　ふっ♥　んんっ♥　ふーっ♥　ふーっ♥」

小日向《こひなた》先輩はそのたびに気持ちよさそうな声を漏らし、びくびくと身体《からだ》を跳ねさせる。

枕にした自分の腕で口元を隠しながら声を殺そうとしているのだが、そのせいで荒くなった鼻息が逆に艶《なま》めかしい雰囲気を助長しているかのようだった。

夏の陽気を浴びながらそんな先輩の様子を見下ろしていると、なんだか頭がぼーっとしてくるようで……と、俺が色んな意味で朦朧《もうろう》としていたときだ。

「……晴久君……凄《すご》い……♥　上手……♥　じゃ、じゃあ次は、いよいよ足のほうに……」

そう言って小日向先輩が急に姿勢を変えたのだが――それは非常にタイミングが悪かった。

「あっ⁉」

ちょうど背中に少し力を込めてオイルを塗ろうとしていた俺は、先輩の急な動きに対応できず、手を滑らせてしまったのだ。

オイルのヌルヌルは思いのほか強烈で、俺は完全に姿勢を崩してしまう。

そしてそのまま、

「うわっ⁉」

「えっ⁉　あっ……はああああああああうっ♥♥♥⁉」

ぬるぐちゃ！

俺はオイルまみれの先輩の背中に倒れこんでしまった。

俺の上半身と小日向先輩の背中。剥《む》き出しの素肌がヌルヌルのオイルを介して絡みあう。

「す、すみません⁉」

俺は慌てて起き上がろうとするのだが、オイルが滑って上手《うま》くいかない。

「ひゃあああっ♥♥⁉⁉　あっ♥　あっ♥　ひっ♥⁉　あひっ♥⁉　やっ、これっ、刺激が強すぎて……♥　おっ♥⁉」

その間にも小日向先輩の悲鳴が下から響き、俺は必死に身体を起こした。

「だ、大丈夫ですか小日向《こひなた》先輩!?」

「……は、はへぇ……♥ は、晴久《はるひさ》君……やめないで……もっと……私 もう少し……もう少しでイ……」

いきなり男に覆《おお》い被《かぶ》された恐怖からだろうか。

小日向先輩がひくひくと震《ふる》えながらなにか曖昧《あいまい》に言葉を漏らした、そのときだった。

「………………………お兄ちゃん?」

突如、夏の陽気を吹き飛ばす低い声が背後から響いた。

「あんた……なにしてんの……?」

振り返ると、そこに仁王立《におうだ》ちしていたのは桜《さくら》だった。

引っ捕らえられた烏丸《からすま》を引きずる宗谷《そうや》と楓《かえで》に先んじて戻ってきたらしい桜は俺と小日向先輩の現状を――全身オイルまみれでひくひく痙攣《けいれん》する先輩と、手だけでなくなぜか上半身までオイルまみれの俺を見て、地獄の底から響くような低い声を漏らした。

「美咲《みさき》の霊力が低いままだとあんたらの安否に関わるからこれでも色々と我慢して協力しようと思ってるのに……あんた、美咲の信頼を取り戻すつもりあるわけ?」

「い、いやこれはちがっ……! いやほんとに聞いてくれ! これは前々から約束してたリハビリの一環で、ちょっと事故って変なことになってるだけで……!」

と、桜の剣幕にビビった俺が説明を繰り返しながらオイルなどを片付ける傍《かたわ》ら。

「…………………あれ？　……もう、終わり……？　せっかく……ものすごく気持ち良くなってきたところ……だったのに……」

俺の気のせいだろうか。

欲求不満を募らせるような声が、小さく響くのだった。

5

そうしたトラブル（？）はありつつ、俺たちはその後ビーチバレーを堪能《たんのう》。

宗谷たちに捕まる前にペンションからわざわざ回収してきたらしいスマホで烏丸がその様子を盗撮し、桜たちにそのスマホを破壊されるという一幕はあったものの、それ以外は平穏に夏の遊びを楽しむことができた。

バレーを終えたあとはもちろん忘れずに罰則労働の下見も完了。

雑霊が活性化する夜に備えて日没前に一度ペンションに戻り、俺たちは夕食の準備を進めていた。

メニューはド定番のカレーだ。

初日ということで、小日向先輩だけでなく全員で下ごしらえをすることになったのだが、まあさすがに俺は戦力外。

台所にいても邪魔になるということで、まだ掃除の行き届いていない食堂の掃除をこなしていた。そうして一人になってしまうと、頭をよぎるのは宗谷《そうや》のことだ。

「んー、やっぱりどうすればいいのかわかんねーな……」

ビーチバレーでは普通にチームを組んで楽しめたし、どうにも信頼とやらを失っているようには思えない。相変わらず俺の顔を見ないようにしている素振りはありつつ、それ以外は普通なのでどうにも信頼回復への道筋が見えてこなかった。

ホテルラプンツェル事件でアソコを触ってしまったときみたいにわかりやすい原因があればまだやりようはあるんだが……。

と、そんな風にうんうんと頭を捻《ひね》っていたときだった。

――ピコン。

机の上に置いておいたスマホがメッセージ着信音を鳴らす。

この着信音は皇樹夏樹《すめらぎなつき》――天人降ろしの霊能エリート様からだな。

夏樹は以前よりもスマホを使いこなせるようになったらしく、最近はメッセージアプリでこちらに連絡してくるのだ。

とはいえ用もないのに連絡してくるようなヤツでもないし、なにかあったのかと思って確認してみると、

『そういえば』

『君はいま、チームメイトたちと海にいるようだな。オレ抜きで』

『楽しんでいるのか？　オレ以外の者と』


「……なんだこいつ。もしかしてかまってほしいのか？」

夏樹は霊級格《スケールセブン》7騒ぎに関する懲罰が罰金だけで済んでいることに加え、お盆前後に活性化する《富士の樹海》から離れられないという理由で今回の罰則労働には参加していない。

まあ夏樹からしてみればあの大事件を一緒に乗り越えた面子《メンツ》から自分だけ仲間はずれにされたようであまり面白くないのだろう。

意外と可愛《かわい》いところのあるやつである。

仲間はずれに加えてメッセージまで無視するのはちょっと可哀想《かわいそう》なので、俺は少し掃除の手を止めて返信してやる。

『まあぼちぼちな』

そんなメッセージとともに写真も添付。

このペンションに到着した際、思わず撮ってしまったどこまでも続く海と空の写真だ。

写真フォルダの一番上にあるはずなので、特に探したり確認したりせずタップして送ったのだが……それは完全な失敗だった。

「……あ!?」

トーク画面に出現したその写真に俺は自分の目を疑う。

そこに上げられた写真は、爽《さわ》やかな海の光景などではなく——宗谷《そうや》たちがビーチバレーを楽しむ様を盗撮したものだったのだ。

しかもその写真は宗谷たちの尻《しり》や太ももが強調されるようなローアングルで、いかがわしいことこの上ない。

「な、なんだこれ⁉」

一体なんでこんな写真が俺のスマホに⁉

「い、いやそれより先に、夏樹《なつき》がこの写真を見る前に消さねーと！」

また変態だのなんだのと誤解される！

そう思って操作しようとするのだが……たまたまトーク画面を開きっぱなしにしていたのか、速攻でつく既読マーク。

「ああクソ！」

俺は慌てて『違う』『なんか写真が勝手に』とメッセージを送りまくる。

だが夏樹はこれをオール既読スルー。いかん。完全に誤解された。

「ざけんなっ、どうなってんだこれ！」

わけがわからず写真フォルダを確認すると、出るわ出るわ。

何十枚もの盗撮写真が俺の風景写真を押し流しており、フォルダの中は肌色一色。

一体なんだこれは。新手の怪異《かいい》か霊現象かと俺が混乱していると、

「おお古屋《ふるや》。ちょうどいいところに」

俺と同じく台所から追い出され、別の水場で皿を洗っていた烏丸《からすま》が食器を運んでやってくる。

するとは烏丸は周囲を警戒するようにきょろきょろ視線を巡らせ、闇取引を生業《なりわい》とする売人のようなノリで俺に耳打ちしてきた。

「古屋。貴様スマホの中身は見たか？」

「……お前まさか」

そこで俺はおおよその真相を察する。

すると烏丸はにやりと笑い、

「そうか見たか！　いや素晴らしい写真だっただろう！　実は自分のスマホで撮影しては破壊されるだけだと予想し、貴様のスマホで写真を撮ってすり替えておいたのだ！　ふふふ、知らないうちに美女の水着写真がスマホの中にあるなど良いサプライズだっただろう！　写真は勝手にスマホを拝借したお礼代わりにそのまま持っていていいから、あとで修理した私のスマホに送ってくれ」

こいつ！

桜《さくら》たちに捕まる前に自分のスマホを回収して盗撮したのかと思いきや、俺のスマホまで回収してやがったのか！

ああくそ！　海に行くからって部屋にスマホを置いたままにしといた俺がバカだった！　サプライズかなにか知らねぇが、ご丁寧にスマホを元の位置に戻すなんて手の込んだことまでしやがって！

「お前はほんと今回ろくなことしねえな！」

「わあああああっ!?　なにをするのだ古屋《ふるや》!?　まさか私が自分のスマホを身代わりにしてまで撮った夏の至宝を消すつもりか！　酷《ひど》すぎるのだ！」

「うるせえバカ！」

烏丸《からすま》と揉《も》み合いになりながらも俺は全力で写真を消去。

その後、既読スルーを繰り返す夏樹《なつき》に『すまん、烏丸のバカの仕業《しわざ》だった』とだけ返し、俺は溜息《ためいき》を吐《つ》きながら夕食の準備に戻った。

ああもう頭いてぇ……。

6

そして夕食後。

俺たちはいよいよ雑霊処理を行うため、多重結界を施《ほどこ》したペンションに小日向《こひなた》先輩を残し、残りの全員で再び海岸に集合していた。

夏とはいえ夜の海岸は少し気温が下がるため、全員が水着の上に半袖のパーカを羽織ったようなスタイルだ。

「うぅ……ナンパは禁止され、写真は消失、あげくにパーカで露出度は落ちる……夏は性の乱れる交尾の季節ではなかったのか……」

やたらと露出度の低い囚人服みたいなレトロ水着を着た烏丸がみんなのパーカスタイルに文句を垂れているが、俺としては露出度の低下はありがたい限りだった。

いまこの海岸は夜であるにもかかわらず昼間のように明るい。

イベント用なのか、それとも年に一度の雑霊処理のためなのか。

海岸にはナイター照明と見紛《みまが》うような光源がずらりと並び、周囲を照らしているのである。

つまり宗谷《そうや》たちの姿もくっきり見えているということで。

露出度の高い水着のままで戦われたら気が散って仕方なかっただろうなと、俺はほっとしていたのだった。

そうして俺が夜の冷え込みに感謝していたとき。

「よーし、いよいよだな！　幽霊の百匹や二百匹どんと来い！」

雑霊処理を前にした南雲《なぐも》がなにやら張り切ったように声を上げていて、俺は「あれ？」と首を捻《ひね》る。

そういや色々あって忘れてたけど、南雲って巨乳だけじゃなくて幽霊も苦手じゃなかったっけ？　なんかやたらやる気満々だけど、大丈夫なのか？

「なあ南雲《なぐも》、お前って幽霊平気だったんだっけ?」

疑問半分、心配半分といった心持ちで声をかける。

「え? ああ、それなんだけどな」

すると南雲は嬉しげに顔をほころばせながら、手に持っていた木刀を掲げた。

なんだか少し変わった雰囲気を纏《まと》った木刀だ。

「実はさ、この前の戦いで一騎打ちになった多々羅《たたら》鈴鹿《すずか》さんがあたしのこと気に入ってくれたらしくてな。この木刀を送ってくれたんだ」

聞けばその木刀は霊体にもダメージが通るというシンプルな妖刀で、南雲の怪力に合わせて耐久性重視の仕様になっている一品らしい。

「殴れるなら幽霊も怖くないし、術式が使えないあたしでも即戦力としてみんなの役に立てるからな。鈴鹿さんには頭が上がらねーよ」

南雲が心底嬉しげに笑う。

はー、そうだったのか。

どうやら俺の知らないところで南雲と多々羅刃家当主の間には親交が生まれていたらしい。

しかしアレだな。

俺が言えた義理じゃないんだが、罰則労働を科されてる最中のやつに妖刀を渡すとか、そんなことして大丈夫なのか鈴鹿さん。

まあ、あの人のことだからその辺ほとんど気にせず「剣術を修めた怪力人間の妖刀試用データが欲しい」とかそんな理由で突っ走ってんだろうけど……。

ま、なんにせよ南雲がまた一段と頼もしくなったことに変わりはない。

乳避け女事件をきっかけにいきなり退魔師《たいまし》の学校に通うこととなり、いままで門外漢として苦労していた南雲としても、除霊手段をゲットできたことはかなり嬉しいのだろう。

(俺も退魔学園《たいまがくえん》への入学が決まったときはこんな感じだったのかね……)

と、雑霊退治を前にテンションを上げる南雲を微笑《ほほえ》ましく思っていたところ――、

「それじゃあ、雑霊たちを食い止めている沖の結界を緩《ゆる》めてくるわ。宗谷美咲《そうやみさき》、小娘、あなたたちは海岸沿いと町を隔てている第二結界の最終点検をお願い」

「う……っ!? 巨乳が揺れて力が出ない……!?」

「ちょっ、あぶねぇ!」

こちらに近づいてきた楓《かえで》の乳が揺れる気配を感じ取ったのか、南雲がいきなり崩れ落ちる。

なんとか受け止めるも、その身体《からだ》は完全に脱力して最早使い物になりそうになかった。

「……あー、張り切ってたとこ悪いけど、お前はアレだ。俺たちとは少し離れたとこで雑霊を迎え撃つほうがよさそうだな」

「くっ……すまん古屋《ふるや》……」

そう言う南雲に肩を貸し、巨乳の気配が届かない場所まで運んでやることにする。

半袖パーカを羽織っているとはいえ互いに水着。

素肌が密着してよろしくないのだが……烏丸《からすま》は目つきがいやらしいし、楓《かえで》は沖合の結界解除、桜《さくら》と宗谷《そうや》は海岸結界の最終チェックに余念がないしで、ほかに任せられるやつがいない。

引き締まっているくせに柔らかい南雲《なぐも》の肌の感触をできるだけ意識しないようにしつつ、俺は仕方なく南雲を運んでやるのだった。

「……くっ、相変わらず巨乳だけは……なぁ、これやっぱり、その、お前にエロいことしてもらってさ、胸を大きくしないとダメなんじゃねぇ……？」

「……」

「おい、小日向《こひなた》先輩にあんなリハビリしてたくせに、あたしにはなんもなしか。おい。無視すんな。あたしはちゃんと見てたんだからな」

「……」

なんだか太ももをモジモジとすりあわせながらそんなことを言う南雲を完全にスルーし、俺は南雲の運搬を完了。

「「……むぅ」」

そんな俺と南雲に、宗谷と桜がなんだか不満げな顔を向けている気がしたが……南雲の感触を意識しないようにするのに必死で、それどころではないのだった。

「……ねぇ、そういえばさ」

俺が南雲を少し遠く（万が一南雲が悪霊《あくりょう》に後れをとってもすぐ助けに行ける距離）に送って戻ってくると、結界の点検を終えた桜が事前に用意しておいたような口調でこう切り出した。

「確か睦美《むつみ》が妖刀をもらったみたいに、お兄ちゃんも新しい能力をゲットしてたんじゃなかったっけ？」

「ん？　ああ、そういや桜にも話してたんだっけか、この頭のこと」

そう。

色々ありすぎて正直ちょっと忘れかけていたのだが、先の戦いで《サキュバスの角》を吸収した俺の身体《からだ》にはある変化が起きていた。

封印のブレスレットを外して頭に意識を集中させると、小さな角が生えてくるのだ。

ミホト曰《いわ》く、この角は《サキュバスの角》そのものだそうで、

『エンジュさんの魂を蝕《むしば》んでいたときと比べればずっと弱い威力ですが、感度三千倍の力が少しだけ使えるようになっているはずです』

とのことだった。

「まあ新しい力をゲットしたって言っても、全然実感ないんだけどな。入院中だったり楓の件があったりして全然試す機会がなかったから」

実際どんだけの能力を使えるようになっているやら。

完全に未知数だった。

「そ、そっか。だったらさ……」

と、俺の新能力について聞いてきた桜《さくら》がどこか落ち着きなくこんなことを言い出した。

「だったら、この先の戦いに向けて、じっくり使い方を確認しておいたほうがいいんじゃない？　低霊級格の雑霊がたくさん湧くなんて新しい戦い方の練習にはもってこいだし」

「ん？　ああ、まあその通りだな」

桜の言い分はもっともだ。自分の能力をしっかり把握しておいて損はない。

というか、仮にも退魔師《たいまし》なら真っ先にやっておかないとダメなことだろう。

「でしょ？　で、でもね？　やっぱりぶっつけ本番ってのも危ないじゃない？　いくら雑霊っていっても危険なことは危険なんだし……だからその、あの女狐《めぎつね》が沖合の結界を解除して戻ってくるまでに少し時間もあるだろうから、ちょっと私との組み手で試してみない？」

「え？」

突如、桜にそんなことを言われて面食らう。

いや、確かに桜は前々から「あんたの能力は格闘戦との相性が良いんだから、身体《からだ》を鍛えなさいよ。私が面倒見てあげるから！」と主張してはいたけど……いまここで？

半袖パーカを着ているとはいえ互いに水着。そんな状態での組み手を提案された俺は「ちょっとまずくないか？」と難色を示すのだが、

「だ、大丈夫よ！　変なとこは触んないようちゃんと気をつけるから！」

いやそれはどっちかっていうと俺のセリフなんだが……。

「あ、ああ。まあじゃあやってみるか」

俺は困惑しつつ、桜の勢いに押されて承諾してしまった。

まあ、あくまで組み手。別にガンガン戦うわけじゃないからおかしなことにはならないだろうしな。

「やたっ！　美咲《みさき》には悪いけど、私にもちょっとくらい役得があったっていいわよね……睦美《むつみ》のやつ、お兄ちゃんに水着であんなに密着して……我慢できなくなっちゃったじゃない……」

なんだか妙に嬉しそうな桜と砂浜で対峙《たいじ》。

ブレスレットを外して臨戦態勢《りんせんたいせい》へと移行する。

「なんだなんだ」と見学を始める宗谷《そうや》と烏丸《からすま》の視線を受けながら頭に意識を集中させると、すぐになにかが生えてくる不思議な感覚が生じた。

その時点では病院で一度角が生えてくるのを試したときと同様、特になんの変化も感じなかったのだが……。

「それじゃあ、行くわよ！」

「うおっ!?」

ずんっ、と砂浜を踏み込んで突っ込んでくる桜。

さすがは対人霊能戦に特化した監査官なだけあって、対魔術と同じかそれ以上に体術の練り上げが半端じゃない。不安定な砂場での動きとは思えなかった。

本来ならこのまま投げられるなり寸止めされるなりで即一本だったのだろうが——そうはならなかった。

「お、おおっ⁉」

桜《さくら》の動きが〝視《み》える〟のだ。

快楽点ブーストのときのように「次にどうすればいいかが自動的にわかる」ような感覚とはまた違う。

五感の感度があり得ないほど向上していた。

動体視力の増進に加え、空気の揺らぎや風切り音、そうしたものが強く感じられ、周囲の空間そのものを直接感知しているかのような感覚に襲われる。

それらの総合的な情報から桜の動きが直感的に理解、予測でき、俺はその打ち込みを避けることができていた。

「わっ⁉　ちょっと様子見のつもりだったけど、これならもう少し本気出しても……っ」

「ちょっ、桜⁉」

桜の動きが〝視える〟とはいっても、快楽点ブーストと同様、俺の身体能力が上がったりするわけじゃない。

俺は自分でも無様な動きでギアを上げた桜に応戦するのだが……驚いたことにそれでなんとかなっている。桜が手加減してくれている部分はかなりあるとはいえ、まともに組み手が成立していた。

しかも《サキュバスの角》の効能はそれだけではなく、

『まったく……あの南雲《なぐも》という一年生、脱力にかこつけて水着で古屋《ふるや》君に運んでもらうなんて……また釘を刺しておく必要があるかしら』

(……っ。これ、楓《かえで》の声か？)

少し集中して耳を澄ませたところ、聞こえてくるのは遠くから戻ってきている最中らしい楓の独り言と足音。

さすがに少し遠すぎるせいで精度はいまいちだが、それでも人の域を超えた感知能力でその気配を確かに感じ取っていた。

(すげぇ……なるほどこれは確かに霊級格《スケールセブン》7になってた槐《えんじゅ》の下位互換能力だ)

諜報《ちょうほう》や索敵はもちろん、快楽点ブーストと重ね合わせればかなりの力になるだろう。

そうでなくとも桜とまともに組み手できる力なのだ。

いちいち快楽点ブーストで自分を絶頂させなくてもそれなりに戦えると考えれば、それだけで十分ありがたい。

(しかもこの力、どうもまだ出力を上げられるみたいなんだよな)

意識を集中させればさせるほど角はその大きさを増していく。

そしてそのたびに五感も鋭さを増していて、桜《さくら》の動きもより正確に読めるようになっていた。

（こうなったらどこまでできるか試してみたくなるな……もしかしたらいまこの場で桜を圧倒することだってできるかもしれない）

なんというか、絶頂除霊《ぜっちょうじょれい》や快楽点ブーストと違ってわりとまともな力だったからだろう。

俺はガラにもなくそんな負けん気を発揮し、角に意識を集中させた。

だが、俺はすっかり忘れていたのだ。

この角の力はあくまで《サキュバス王の性遺物》と呼ばれる猥褻《わいせつ》な呪《のろ》いだということを。

――あっ、ちょっとフルヤさん、それ以上出力を上げると……

俺の中に取り込んだ能力の制御や処理に追われて最近はめっきり話しかけてこなくなっていたミホトが急に頭の中で声を発した。

それはミホトにしてはわりと気の利いた忠告だったのだが――惜しむべくはその忠告が完全に手遅れだったことだろう。

「……え？　うわっ!?」

どんどん角を肥大化させて五感を向上させていたそのとき。

一定のラインを超えた瞬間、俺は驚いて声を上げていた。

組み手の最中に桜からの攻撃を捌《さば》いていたのだが、その肌に接触した瞬間、電気のような快楽が身体《からだ》を貫いたのだ。

桜の肌から伝わる柔らかさや体温が異常なまでに気持ちよく感じられ、さらには汗ばんだ桜の身体から発せられる甘い香りが脳を犯して快感を増大。

体中を駆け巡った快感は股間《こかん》へと収束し、いまにも爆発しそうな感覚に襲われる。

え!?　なんだこれ!?

急な変化に慌てて桜から離れようとしたが、それが大失敗だった。

「えっ!?　ちょっ、お兄ちゃん急になにを……きゃんっ!?」

それまでまるで舞いのように息の合った組み手が続いていたところに俺が急に変な動きをしたからだろう。

完全に意表を突かれた桜がバランスを崩し、その太ももが俺の足の間に滑り込む。

「――――」

瞬間、桜のムチムチとした太ももが俺の股間をこすりあげた。その途端。

「うわああああああああああああああっ♥♥♥!?」

瞬間絶頂。

さらには水着越しに様々な感触を太ももで受け止めてしまった桜はといえば、

「……………………え?」

しばし呆然《ぼうぜん》としていたが、やがてなにが起きたのか理解したようで、

「え……？　あ、え……きゃあああああああああああああっ!?」

絶叫。

顔を真っ赤にしてその場に座り込み、右往左往の大混乱。

「え!?　桜《さくら》ちゃんどうしたの!?」

「な、なんでもない！　なんでもないから！」

桜は慌てて駆け寄ってきた宗谷《そうや》にも背を向けると、自分の太ももにわなわなと手を伸ばしつつ、

「いっ、いまの……まさか……精……え？　え？　お、お兄ちゃんが、もしかしてお兄ちゃんが……私の身体《からだ》で……♥!?」

ぶつぶつと繰り返し、なんだか我を失っているかのようだった。

「……さい……あく……」

一方、あまりの醜態とやらかしに俺が亀のようにうずくまったまま顔を上げられないでいたところ、ミホトが頭の中でおずおずと、

――あの……フルヤさん。角の能力は出力を上げすぎると感度まで上がって隙だらけになってしまうので、使う際は注意してくださいね……。

言うのがおせえ!!

そしてその後。

「むううぅ……」

角の力で増大した五感がなにやら俺と桜を見て不満を募らせるかのような宗谷の気配を探知していたのだが……桜への謝罪やら自分のやらかしたことへの自責やらで頭がいっぱいだった俺は、そちらに意識を割くことがまったくできないのだった。

ああくそ。本当にろくでもない〝呪《のろ》い〟だ。この《サキュバス王の性遺物》ってヤツは。

7

そんな最悪のハプニング《暴発射精》に見舞われた俺たちは正直、雑霊退治に挑めるようなメンタルじゃなかったんだが……戻ってきた楓《かえで》に「なにをしているの？」と一喝《いっかつ》されたのを機に、先ほどのアレをなかったことにしようと目配せ。

どうにか意識を立て直し、沖合の結界が緩《ゆる》んだことで迫り来る雑霊に対峙《たいじ》していた。

「うわぁ、結構な数だねぇ」

宗谷が額に手をかざして沖合に目を向ける。

そこには宗谷が言うように大量の雑霊が蠢《うごめ》いていた。

種々雑多な海洋生物を混ぜてこね合わせたような動物霊の群れ。

その数は軽く千を超えるような凄《すさ》まじい物量で、軽い津波のように海岸へと押し寄せくる様は圧巻だった。しかしその反面、そいつらのほとんどは霊級格1《スケールワン》。たまに強いのがいても、特筆する能力もない霊級格2《スケールツー》といった程度だった。

海の生き物は犬猫以上に意識が薄いので、数は多くとも力が非常に弱い傾向にあるのだ。

「さて、それじゃあさっさと片付けましょう」

「はっ、女狐《めぎつね》に言われるまでもないわ」

一方でこちらの戦力はあまりにも充実していた。

霊力がガタ落ちしているとはいえ、宗谷《そうや》は頑張れば霊級格2〜3程度の式神なら操ることができたし、桜《さくら》と楓《かえで》の力は言わずもがな。

「おっしゃあ！　ガンガン来い！」

加えて妖刀を手にした南雲《なぐも》が思った以上に暴れ回ってくれたおかげで雑霊群はあっという間に壊滅。

手こずったことと言えば、「単体拘束《こうそく》術専門の私にはやれることがない」と性懲《しょうこ》りもなく俺のスマホでまた盗撮をしようとした烏丸《からすま》を大人しくさせることくらい。

新しく得た感度上昇能力をたっぷり練習する余裕さえあり、今日の分の雑霊駆除は難なく完了することができたのだった。

——が、順調だったのはそこまで。

問題はここからだった。

「……宗谷の霊力補充、どうすっかな」

撤収作業を終えてペンションへと戻る道すがら、俺は途方に暮れたように呟《つぶや》く。

霊力総量が激減したとはいえ、性的快感を霊力に変換する宗谷の能力そのものが完全に消えたわけじゃない。

雑霊退治は明日以降もあるし、どこかのタイミングで宗谷の霊力を補充しておかないといけないのだが……どう切り出せばいいのかまったくわからなかった。

いままでは恥ずかしいとは思いつつ「必要なことだから……」と普通に宗谷の指を舐《な》めていたが、信頼関係の回復云々《うんぬん》を意識してしまっている現状ではどうにも気まずさのほうが上回ってしまっていたのだ。

いやだってさ……信頼関係の回復云々を考えているときに「指舐めるぞ」は頭おかしいだろ常識的に考えて……。付き合ってるわけでもないのに。てゆーか付き合っててもアウトだ。

そんなこんなで俺が思考のドツボにはまりながら、ペンションに戻る一行の最後尾で頭を悩ませていたときだった。

ちょんちょん。

不意に、二の腕のあたりを指で突かれた。そちらを振り向く。

「……宗谷？」

「しーっ」

と、唇に人差し指を当てて声を潜《ひそ》めていたのは宗谷《そうや》だった。

さらに宗谷は面食らう俺の指先をつまみ、くいくいと引っ張ってくる。

ペンションに戻ろうと階段を上る楓《かえで》たちとは逆方向。

戸惑いながらついていくと、そこは星明かりしか届かない岩場の陰だった。

「そ、宗谷？　どうしたんだよ急に。ここになにがあるんだ？」

ひたすら無言で俺をこんな人気《ひとけ》のないところまで引っ張ってきた宗谷に尋ねる。

「な、なにって……ほら……」

すると宗谷はもじもじと指を絡み合わせながら、打ち寄せる波にかき消されてしまいそうなほど小さな声で、

「明日の雑霊退治に備えて……指……やらないとでしょ……？」

「え？」

「だ、だって、室内だといつ人が来るかわかんないしっ、昼間の屋外は論外だしっ、確実に二人きりになれる状況なんてこんなときしかないでしょっ」

聞いてもいないのに、薄暗い岩場に俺を連れ込んだ理由らしきものを羅列する宗谷。

なにがなんだかわからなかったが、どうやら宗谷が自分から指舐《な》めを切り出してくれているのは確かなようだった。

それは非常にありがたかったのだが……。

「指舐めはいいけどさ……その、嫌じゃないのか？　俺にされるの」

信頼関係の喪失。

それはすなわち嫌われたとか愛想を尽かされたとかそういうニュアンスも含まれているんじゃないかと懸念していた俺はいまさらながらついそんなことを聞いてしまう。

だが、

「っ！　なに言ってるの！　嫌じゃないよ！」

「っ!?　そ、そうか」

返ってきた反応は劇的だった。

それまで頑《かたく》なに俺の顔を見ないようにしていた宗谷が俺を直視。

なんだかとても傷つくことを言われたかのように柳眉《りゅうび》を逆立て断言したのだ。

そんな宗谷に俺が驚いていると、宗谷も自分自身の大声に驚いたのだろう。

「……っ。あ、いや、ええと、その、つまりね」

暗がりでもわかるくらい顔を赤くした宗谷は自分で自分の口を押さえると、また俺から顔を逸《そ》らし、

「このまま霊力が回復しないまま変にこじれて、古屋《ふるや》君に迷惑かけたり足手まといになっちゃうのは嫌だし、なんだか古屋君に気を遣わせちゃってるみたいで悪いし、早く霊力を回復しないといけないかなって……それになんか、わたしと古屋君は距離があいちゃってるのに、ほかの子とは凄《すご》く仲良

くしてて……なんかモヤモヤが増して、もっと霊力の調子が悪くなってる気がするんだもん……」

「……そうか」

波の音に紛《まぎ》れて微妙に聞き取りづらかったが、それでも宗谷《そうや》の言葉を聞いて俺は少しほっとする。変に嫌われてるわけじゃなさそうだし、宗谷からこうして歩み寄ろうとしてくれているなら、霊力回復もそう難しくはないと思えたからだ。

「ええと。それじゃあ……するか」

「う、うん」

岩場に腰掛けた宗谷の隣に座り、その手を取って指を口に含む。

「ん……っ♥」

丁寧に指を舐《な》めていくと、やがて宗谷の口から甘い息が漏れはじめた。

その変化に合わせ、時に指全体を舌で包むように、時に舌先で指の腹を突くように、宗谷が気持ち良くなれるよう少しずつ刺激を強くしていく。

と、そこまではいつもと同じ流れだったのが……途中から少し、風向きが変わってきた。

(宗谷の水着が近い……っ)

パーカで多少隠れているとはいえ、暗がりの中でも酷《ひど》く目を引くその瑞々《みずみず》しい肢体《したい》や引き締まったお腹、ムチムチの太ももや胸元はあまりに扇情的だった。

星明かりしかない物陰。夜の海。甘い声を押し殺す宗谷。肌に滲《にじ》む汗は潮の香りと混ざって甘く鼻腔《びこう》をくすぐり、露出の多い白い肌が快感に跳ねる。

いつもと違いすぎるそんな状況に頭がくらくらして、宗谷の指を舐める俺の動きは自然と激しくなってしまっていた。

ぶぽっ、じゅぷっ、ぶぽっ、じゅるるるるるるるっ！

「古屋《ふるや》君……っ♥　今日は、なんか、いつもより激し……♥　はぅ!?♥　……っ♥♥　ふー♥　ふー♥　んんっ♥」

宗谷は口元を手で隠して必死に声を抑えようとしているが、抑えきれない声や吐息は余計にインモラルで……しばらくしたのち、宗谷は岩場にぐったりと身を横たえていた。

余韻《よいん》に浸るように「はぁ……♥　はぁ……♥」と肩を上下させている。

しっかりと気持ちよくなってくれたらしい。

だが、

「……あー、宗谷、霊力のほうはどうだ？」

「ふぇ？　ええと……うーん、少しは回復したけど、やっぱり前と比べると、全然かな……」

宗谷が肩を落として言う。肝心の霊力のほうはまったくもって改善されなかったらしい。

「うーん、やっぱダメか……なにがよくねーんだ」

指舐めで宗谷は問題なく気持ちよくなってくれてるし、宗谷自身も協力的。

実は裏で嫌われているとかってこともなさそうだし、だったらこれ以上どうすりゃいいんだ。

そんな風に俺が途方に暮れていたとき。

「……あの……ええと、それなんだけど……」

なにやら宗谷《そうや》がそわそわと自分の唇をいじりながら口を開いた。

先ほどまで指を舐《な》めていたせいだろうか。

瞳を潤《うる》ませてもじもじと自分の唇に触れる宗谷はなんだかやけに色っぽく、まるで言外になにかを誘っているかのようで……、

「確証があるわけじゃないんだけど……実はその、霊力を回復させる方法……心当たり、なくはなかったり、するかも……」

宗谷は自分の唇をいじりながら、蚊の鳴くような声で呟《つぶや》いた。

「え……？」

宗谷、もしかしていま心当たりがあるって言ったか？

けれどその声はやけに小さい。

聞き返しても宗谷は顔を真っ赤にしながらぼそぼそと曖昧《あいまい》なことを言って唇をいじるだけで、どうにもじれったかった。

こうなったら角の能力を使ってしっかり聞き出してやろうと思ったそのとき。

――ピコン。

「うおっ」

烏丸《からすま》から取り上げてパーカのポケットに入れていたスマホがメッセージの着信音を鳴らす。

突然のことに少し驚いたが……このメッセージ着信音は夏樹《なつき》だな。

うん、無視だ。

メッセージならあとで返せるし、いまは宗谷の話を聞くほうがよっぽど大事だと俺はそれを黙殺することにした。だが、

——ピコン、ピコン、ピコン、ピコン。

「ああ？　なんだよ……」

夏樹からのメッセージが連続で届く。

あまりにしつこいので通知を切ってやろうとしたのだが、

「い、いいよいいよ古屋《ふるや》君っ。こっちは気にせず出てあげなよっ」

なんだか土壇場でへたれたかのような雰囲気で宗谷がぱたぱたと手を振る。

そう言われてしまってはこれ以上夏樹を無視することもできない。

俺はさっさと返信してしまおうとメッセージ画面を開いたのだが、

「あ？　なんだこれ、写真……？　……ぶっ⁉」

メッセージ画面に連投された画像を見て俺は盛大に吹き出した。

そこに表示されていたのは夏樹の自撮り写真。

それも手で目隠しをした赤いビキニ姿の超絶いかがわしい代物だったのだ。

「ちょっ、ちょっと待っててくれ宗谷《そうや》！　世間知らずのバカにちょっと説教してくる！」

「ふぇ!?　う、うん!?」

宗谷に断ってから全力ダッシュ。

ペンションへと続く階段あたりで止まり、速攻で夏樹《なつき》に電話をかけた。

「おいこらバカ夏樹！　なんて写真送ってきてんだお前！　自分の性別隠してること忘れてんのか!?　なんかの間違いで流出したりしたらどうすんだ！」

そうでなくても同世代の男子に水着写真を送りつけるなんてどうかしている。

まさかとは思うが紅葉姫《もみじ》か誰かに妙なことでも吹き込まれたのではと思っていると、

『一体どの口がオレを糾弾するんだこの変態退魔師《たいまし》が！　そもそも君が水着の女たちと楽しげに遊んでいる写真を見せつけてきたのが悪いのだろうが！』

電話にワンコールで出た夏樹は勢いよく怒鳴り返してきた。なんだこいつ!?

「はあ!?　だからそれは烏丸《からすま》のバカのせいだって言っただろうが！　大体あの写真を送ったからってなんでお前があんないかがわしい写真送ってくんだよ！」

『う、うるさい！　とにかく、このオレが恥を忍んでこのような破廉恥《はれんち》な水着を入手し写真まで送ってやっているんだぞ!?　なにか言うことはないのか！』

「だからいま言ってんだろうが！　『バカが！　さっさと消せ』ってな！」

『なんだと!?』

そうしてバカ夏樹《なつき》との口論をギャーギャー続けていたときだった。

「あの、古屋《ふるや》君……？　どうしたの？」

「っ!?　うおっ!?」

夏樹との口論でヒートアップしすぎたせいだろう。

なかなか戻ってこない俺を心配したらしい宗谷《そうや》の接近に気づかず、不意に声をかけられて俺は肩を跳ね上げ、その上スマホまで取り落としてしまう。

「わっ、危ないっ！」

と、あわやスマホが海に水没する直前に宗谷がキャッチしてくれた。

「わ、悪い宗谷。岩場に置いてけぼりにした上にスマホまで」

「ううん、いいよいいよ。こっちも驚かせちゃってごめんね。はいこれ、やっぱり海にスマホって危ないよ……ね……？」

そこで不意に、スマホを手渡そうとしてくれた宗谷の手が止まった。

キャッチしたときに指が画面を色々とタッチしてしまったのだろう。

電話画面が消えたスマホには、別の画面が表示されていて、宗谷の視線がそこに釘付けになっていたのだ。

すなわち、夏樹が送りつけてきやがったいかがわしい自撮り写真に。

瞬間、宗谷の目から光が消失。

「…………………へぇ。古屋君、皇樹《すめらぎ》さんにこんな写真送らせてたんだぁ」

「っ!?　あ、いや、これは違……夏樹のヤツが勘違いして送ってきたやつなんだって！」

まるでゴミを見るような目で俺を見上げてきた宗谷に俺は必死に事情を説明しようとしたのだが、最早手遅れ。

「……へぇ……そっかぁ……ふーん……」

「お、おい宗谷!?」

すすす、と宗谷は拒絶するように俺から距離を取ると、底冷えするような声を漏らしてペンションへと戻っていってしまうのだった。

「ちょっ、なんかまた宗谷と距離があいちゃった気がするんだが!?」

せっかくなにか進展しそうな雰囲気があったのに！

暗い海岸に取り残された俺は一人、ままならない現実にがっくりと肩を落とした。

8

罰則労働の初日と二日目が過ぎ去り、早くも三日目の夕方。

エロ自撮りについての誤解は解けたものの、相変わらず宗谷の霊力が戻る気配はなく、なんだか微妙に気まずい雰囲気が続いてしまっていた。

昨日は水着巨乳だらけな状況にキレた南雲《なぐも》が「あたしだって浴衣なら輝けるんだからな！」

と暴れ出したので、明るいうちからやっている地元の祭りに少し参加したりもしたが、そうした息抜きの場でも宗谷《そうや》との距離はいまいち変わらないまま。

特になんの進展もないまま時間だけが過ぎてしまっていた。

「どうしたもんか……」

ペンションの二階に作られたバルコニーで海を眺めながら思わず声を漏らす。

少し一人で考える時間がほしいと思って黄昏《たそが》れてはみたものの、やはりそう簡単に妙案など浮かばないのだった。

台風がこのあたりをかすめようとしている影響だろう。

夕日に照らされる海は風に煽《あお》られて波が高く、なんだか俺たちの先行きを暗示しているかのように荒れはじめていた。

「……いかん、なんかネガティブになってるな」

溜息《ためいき》とともに思わず弱音を漏らしてしまった、そのとき。

「難航してるみたいね」

そう言って俺の隣にやってきたのは、ラフな格好の楓《かえで》だった。

楓は俺と同じようにバルコニーの手すりに寄りかかると、

「宗谷美咲《みさき》との件、あまり余計な口出しはしないほうがいいかと思って傍観していたのだけれど……思い詰めているようなら定期検診のついでに相談くらい乗るわよ?」

「え……？」

いつも冷淡で厳しい楓の口からいきなりそんな気遣うような言葉が出てきたことが少し意外で、俺は思わず彼女の顔を見返してしまう。

……いやけど、よく考えれば別に驚くことじゃないんだよな。

呪《のろ》いの件で色々と責任を感じていたからとはいえ、楓は太刀川芽依《たちかわめい》という後輩に化けてこれまで何度も俺を助けてくれていたのだ。

今回も俺が弱り果てているのを見かねて、定期検診を口実に声をかけてくれたのだろう。

「……ああ、頼む」

ブレスレットを外し、俺は楓に自らの呪われた手を預けた。

ミホトが示した謎の神聖性のおかげで協会上層部が俺を危険視する風潮は随分緩《ゆる》くなったものの、当然ながら警戒する必要がなくなったわけじゃない。

そのため桜《さくら》の監視と同様、楓による封印のチェックもこうして続いているのだった。

そうして封印に綻《ほころ》びがないかチェックしてもらいながら、俺は楓に話を聞いてもらう。

そのほとんどはわざわざ話す必要もないような愚痴にすぎなかったのだが……素っ気ないながらも楓が丁寧な相づちを打ってくれたおかげだろうか。

なんだか話しているだけで気持ちが随分と楽になり、俺は思わずこう漏らしていた。

「悪いな楓。いままでも呪いのことで散々世話になってたのに、こんなことでも頼っちまって」

「別にこの程度なんでもないわ。……それに」

すると楓《かえで》は俺の手を取ったまま、少し声を硬くする。

「協力できることはなんでもするわ。人式神の仕組みについて詳しくは知らないから確証はないけれど……宗谷美咲《そうやみさき》の霊力が落ちたタイミングを考えるに、なんだか私にも原因があるような気がしてならないから」

「は？　そんなわけないだろ！」

俺は思わず声を張り上げていた。

なにを言うかと思えば……楓のやつ、せっかく怪異墜《かいいお》ちを事前に回避できたっていうのに、なんでも溜《た》め込む生真面目な部分がまったく変わっちゃいない。

俺は目を白黒させる楓にぐいと詰め寄り、

「またお前はそうやって全部自分の責任だって思い詰めて。なにがどうしてそんな結論に至ったか知らないけど、絶対に違うから気にすんなって」

しっかりと断言する。

生半可《なまはんか》な言葉では頑固な楓の思い込みを崩せないと力んだ結果、定期検診のために触れていた楓の手をつい強く握りしめてしまう。

「……っ！　……この男、私がこの数日、どれだけ頑張って自分を抑えていると思って……！」

楓は俺の言葉をちゃんと聞いているのかいないのか。

なぜか空いているほうの手で口元を隠しながら、なにかを堪《こら》えるように俺から顔を逸《そ》らす。

「おい楓？　ちゃんと聞いてるか？　霊力落ちの原因がお前なんてあり得ないんだから、また変に背負い込むのはやめて――」

「わかったわ！　わかったからそれ以上手に力をこめながら詰め寄ってくるのはやめなさい！　また我慢がきかなくなったらどうするの……っ！」

ぶんっ！

定期検診がちょうど終わったのだろう。

楓はなぜか怒鳴り散らしながら俺の手を振り払った。

そ、そこまで拒否ることないだろ……これでも心配してるのに。

「……ひとまず、封印のほうに変化はないわ。それで、宗谷美咲との件をどうするかだけど」

落ち込む俺を尻目《しりめ》に、楓が急激に話を戻す。

定期検診の結果を雑に告げると気を取り直すように腕を組み、いつもの冷静な口調でこう言った。

「宗谷美咲と二人で、ひたすらなんの中身もない雑談を繰り返しなさい」

「……？　雑談？」

「ええ。ウケを狙《ねら》おうとか気の利いたことを言おうとか、特別なことを考える必要はないわ。さっきあなたが話したなんの中身もない愚痴みたいな内容でいいから、とにかく話す機会を増やすの」

「そ、そんなんで大丈夫なのか？」

「人間関係というものは普通、なにか大きなイベントの一つや二つで狙《ねら》ったように変わるものではないわ。特に信頼関係というあやふやなものを構築するには、基本的に日々の積み重ねが重要なの。話を聞く限り、あなたはいま問題を解決しようと躍起になるあまり、この日々の積み重ねをないがしろにしてしまっている状態にあるわ。これじゃあ宗谷美咲《そうやみさき》との関係がぎくしゃくするのも当然よ」

「なるほど……そりゃ確かに」

論理立った楓《かえで》の説明に俺は膝《ひざ》を打つ。

なんだかそれまでのどん詰まりが一気に晴れるようだった。

「……すげぇな楓。葛乃葉《くずのは》家は変身能力を活かすために演技力や情報収集能力も学ぶって聞くけど、こういうのもその一環なのか？」

思わず感心して尋ねる。すると楓はなぜか恨みがましげに俺を睨《にら》みながら、

「……別に。ただ日々の積み重ねを失敗したせいで、怪異墜《かいいお》ちとかいうとてつもない誤解を生み出してしまったケースに最近遭遇してしまっただけよ」

「？」

なんの話だ？

首を捻《ひね》るが楓はその質問を完全に黙殺。

「とにかく、結論は一つよ。あなたと宗谷美咲は別に仲が悪いわけじゃないのだから、特に気張らず普通に話す回数を増やすだけで関係は改善されるはず。そういう機会を多く設けられるようさりげなく協力するから、いまはひとまず心身を休めなさい。雑霊処理は今夜もあるのだから」

たしなめるように言うと、今後の協力を約束してくれるのだった。

「おお……なんか一気にまとまったな」

俺は楓の説得力に満ちた方針設定に心の底から納得し、なんだか一気に肩の荷を下ろしたような気分になる。

「ありがとな。お前に相談してよかったよ」

「ふんっ、気が早いわ」

素直に礼を言う俺に楓はツンと返してきて、相変わらず態度のキツいやつだなと苦笑していたのだが——次の瞬間、俺はツチノコよりも珍しいものを見た。

「大したことはしていないのだし、お礼は成功してから言いなさい」

沈みゆく夕日を浴びながらそう言う楓が、笑っていたのだ。

ほんの少し口角が上がっただけだったが、それは確かに笑顔。

太刀川芽依《たちかわめい》に変身しているときを除けば何年ぶりになるかわからない楓の笑顔はなんだかと

ても穏やかに見えて、俺は思わずこうこぼしていた。

「楓《かえで》お前……やっぱ笑った顔のほうがいいな」

威圧感なくて。

と、俺は褒《ほ》め言葉のつもりでそう言ったのだが、

「……っ！」

なぜだろうか。

楓は急に目を見開いたかと思うと、次の瞬間にはなにかを押し殺すような底知れない笑みを浮かべ、

「……古屋《ふるや》君、あんたはまた軽々しくそういうことを言って……性遺物の件が完全に解決したら言ってやりたいことが山ほどあるから、覚えておきなさい……っ」

なんだか下腹部あたりと口元を押さえながら低い声を漏らし、凄《すさ》まじい威圧感をまき散らした。

「ええ……!?」

俺、なんかいま怒らせるようなこと言ったか!?

激しく混乱するが、なにがいけなかったのか楓から聞き出す勇気などあるわけもなく。

人でも殺しそうな笑顔のまま去っていく楓の背中を見つめながら、俺は心臓をバクバクと跳ねさせることしかできなかった。

相談に乗ってくれたのはありがたかったけど……な、なんだったんだ一体……。

一人の少女が焦《こ》がれるような気持ちを必死に抑えつけていたその頃。

●

――ドクン、ドクン

とうの昔に忘れ去られたその小さな祠《ほこら》に、異変が起きていた。

それはかつて、遥《はる》かなる大洋からこの地に流れ着く不浄の存在を跳ね返すため、土地の力を効率よく溜《た》められるよう設置された霊的設備。

だが役目を終えた祠はそのまま岩礁の洞窟《どうくつ》にうち捨てられ、いまではこの土地に集積する別のエネルギーを溜め込む場となっていた。

それは決して発散されることなく、さりとて易々《やすやす》と見つかることもない膨大《ぼうだい》なエネルギー。

本来ならそのまま誰にも顧みられることなく、ただ溜まっていくだけだったはずの代物。

だが。

――ドクン、ドクン

それは単なる偶然か。
あるいは破格の霊力を持つ少女たちの霊感が引き寄せた必然か。
図らずもこの土地に集った優秀な霊能者たちの抱《いだ》く強烈な欲求不満に呼応するかのように、
その祠は不穏な胎動を繰り返していた。

――モウ我慢デキナイ

そんな声が、誰もいないはずの洞窟に幾度となく反響して――……

第三章　この中に一人、淫乱痴女がいる！

1

そうして迎えた罰則労働四日目。

「いい？　雑談の内容はもとより、重要なのは『いかに自然な流れで古屋《ふるや》君と宗谷美咲《そうやみさき》が二人で話す時間を作れるか』よ」

朝食の準備中に俺を捕まえた楓《かえで》は続けて桜《さくら》のことも呼びつけると、まるで講義でもするかのように信頼関係回復のための具体的な方針を語ってくれた。

「雑談を繰り返す機会を増やすとは言ったけれど、そこを重視しすぎて宗谷美咲に違和感を与えてしまえば効果が半減するわ。罰則労働に来たメンバー全員で示し合わせるようなことをすれば、感づかれて会話がぎこちなくなる可能性が高い」

「確かにそうね……特に睦美《むつみ》やあの変態女なんて腹芸ができるタイプでもないし、作戦については伏せたままで上手《うま》いこと誘導するのがベターよね」

桜が楓の言葉を補足するように同意する。

俺も二人の言葉には特に文句もなく、それがベストだろうと頷《うなず》いたのだが……この『自然な流れで』というのがかなりの難問だった。

特に今日は台風接近の影響で、昨日から引き続き悪天候。

雨はまだそこまで強くないものの、ペンションの窓がガタガタと揺れるほどの強風だ。

とてもではないが遊びや買い出しに行ける状況ではなく、屋内でゴロゴロするしかない中で宗谷《そうや》と二人になる時間を作るというのはかなりハードルが高かった。

しかもさらに運が悪いことに——俺たちはこの罰則労働四日目に、あまりにも予想外のトラブルに見舞われることとなる。

「ひっ!?」

始まりはいつもの楓《かえで》にふさわしくない女の子らしい悲鳴だった。

ペンションの二階中心部にあるダイニングルームでみんながダラダラしていた中、トイレにでも行こうとしたのだろう。

席を立って廊下へ出た楓のらしくない悲鳴に俺が「どうした？」と駆け寄ると、楓はそのまま俺の腕に縋《すが》りつくように抱きついてきた。え!?　ちょっ!?

「楓!?」

ラフな格好の楓に縋りつかれて俺は目を白黒させるのだが、楓が凝視している方向につられて目を向けた途端、それどころではなくなった。

「な、なんだこりゃ……虫か!?　これ全部!?」

そこには信じられない光景が広がっていた。

俺たちが使っている部屋があるエリアとはダイニングルームを挟んで逆方向の廊下。

その決して狭くはない空間を、大小様々な虫が埋《う》め尽くしていたのである。

「ひっ!?」

「ちょっ、楓！　やめろやめろ！」

そんな鳥肌の立つような光景から逃れようと楓が俺を盾にするように押し出してくる。

いやいやっ、虫は別に苦手じゃないけど、なんかハチとかもいるような状況だと俺だって怖いんだぞ!?

「つーか楓、お前って虫が苦手だったのか!?」

雑霊駆除のときに海岸を照らす照明に集まってきてる虫とかは平気そうだったし、子供の頃もそんな素振りはなかったように記憶してるんだが……。

「べ、別に苦手ではないわ。ただ室内に侵入してきた虫は別よ。どこに潜《ひそ》んでいるかわからないし、なにより狐火《きつねび》で焼き払えないから」

確かに屋外で見ればなんともないセミや小虫なんかも、部屋に飛び込んできたりすると少し身構えるもんな……。

いやしかし、いまはそんなことを考えている場合じゃない。

「なんなんだよこれ……一体どこからこんな入ってきたんだ……？」

虫の数が尋常じゃない。

楓《かえで》に引っ張られて後退する俺たちを追うようにして虫がどんどんこっちに迫ってくるが、それでも廊下の虫密度はまったく下がらず、奥の方から次々に湧き出しているようだった。

するとと俺たちの悲鳴を聞きつけたらしい宗谷《そうや》たちが駆け寄ってきて、

「うわっ⁉　なにこれ⁉」

「うげっ⁉」

「ひぇ……っ」

「な、なんだこれは……はっ、まさか……⁉」

宗谷や南雲《なぐも》、小日向《こひなた》先輩が楓のように悲鳴をあげる中、烏丸《からすま》が俺の疑問に答えるように声を漏らす。

「ホテルや旅館に泊まったときについやってしまう『窓開け羞恥《しゅうち》プレイシミュレーション』に夢中になって、どの部屋が一番ちょうどいい緊張感が味わえるか検討している最中に窓を閉め忘れてしまったか⁉」

「お前のせいかよ！　つーかなにやってんだ！」

俺は反射的に烏丸の自白にツッコむが……山奥ならまだしも海沿いのペンションで少し窓を閉め忘れたくらいでこんなに虫が入ってくるもんか？

まるでなにかに引き寄せられたかのように。

まあ、海岸に設置されている強力照明に集まってきた虫が消灯後、一番近い光源であるこのペンションに集まってきたと考えればなくもないだろうが……。

「ちょっと女狐《めぎつね》！　あんたいつまでお兄ちゃんにくっついてんの!?」

と、現実逃避気味に昆虫大量発生の原因を考えていた俺の手を引くようにして、桜《さくら》が俺と楓を引き剥《は》がした。

そして桜はなにがそんなに気にくわなかったのか、虫にビビる楓を睨《にら》み付けると、

「てゆーか。はんっ、あんたこんなのが怖いわけ？　情けない、天下の葛乃葉《くずのは》家の名が――」

桜本人も若干震《ふる》えながら当てこすりのように楓に噛《か》みついた……そのときだ。

ベタッ！

飛んでいた虫の一匹が桜の顔に張り付いて――、

「いやああああああああっ!?　お兄ちゃああああああああああん!?」

「ちょっ!?　桜!?　当たってる当たってる！」

パニックを起こした桜が俺に飛びついてきたのを皮切りに、ペンション内に侵入してきた害虫駆除大会が開催されることになるのだった。

……が、これがかなりの重労働だった。

ペンションの内装をダメにしない殺虫剤の種類がわからないし、車も運転できない俺たちがこの天気の中ホームセンターに行くのも少々危険。

そんなわけで、風に煽《あお》られて開いていた窓をしっかり施錠した上に桜《さくら》と楓《かえで》が物理結界を張って虫の侵入を防いだあとは、地道なサーチ&デストロイ方式で室内の虫を殲滅《せんめつ》していくことになった。

だがここは三階建ての大型ペンション。

室内のどこに虫が潜《ひそ》んでいるかわからない状態が我慢ならない女性陣の目標は「皆殺し」であり、その労力は想像を絶した。

当然とてつもない時間がかかり、時間がかかればトラブルも頻発する。

「ひっ!? いま虫が服の中に……!? ふ、古屋《ふるや》君、と、取って……取りなさいっ」

「えっ!? ちょっ、さすがにそれは……」

「ちょっと女狐《めぎつね》!? なにどさくさにまぎれてお兄ちゃんに服の中まさぐらせようとしてるわけ!?」

「じゃあ、あなたでいいからさっさと取りなさい!」

「ぜっっっっっっっったい嫌!」

「わあああっ!? 葛乃葉《くずのは》さん! 脱いじゃダメだよ! いまわたしが式神で取ってあげるから!」

だのと騒々しいことがあれば、

「おい古屋! これを見るのだ!」

「ああ？ なんだ烏丸《からすま》」

「この昆虫ども、よく見れば交尾している者がやけに多いのだ！ つまりここは乱交会場、そう考えるとぐっとくるものがあるな？」

「お前の妄想力と守備範囲はどうなってんだ！ いいからさっさと手ぇ動かせ。いつまで経っても終わらねぇぞこの虫退治……」

「まあそう言うな古屋。こういうときこそ楽しまなければやっていられないだろう？ 例えばほら、あれを見てみるのだ。交尾する虫を見てなんとも言えない表情を浮かべる静香《しずか》嬢や桜嬢たちの初心《うぶ》なリアクションなど最高だろう？ というわけで私はみんなに交尾する虫の存在を知らせてくるのだ！」

「おいやめろ！ セクハラのパイオニアかよ！」

などと変態の暴走を止めるために監視を強化する必要もあった。

烏丸の言うように、まるでなにかに当てられているかのように交尾しまくる虫の様子がなにかおかしいとは思ったが、そんなことを気にしている余裕もない。

虫の物量はもとより、ハチやアブなど結構危ないのも交じっていたのだ。

虫退治に忙殺され、当初の目標であった「宗谷《そうや》と自然に雑談する機会を増やす」ことなど意識していられなかった。

雑談の機会もなくはなかったが、せいぜいが「ったく仕方ねぇな烏丸は」「だねぇ」などと言葉を交わすくらいで、あとは雑霊退治などのときと同じように仕事を進めるための事務的な会話がほとんど。

楓《かえで》と桜《さくら》も虫退治に全力で俺のサポートどころではなく、虫退治が終わる頃にはすっかり日が暮れてしまっていたのだった。

「せっかく方針が定まったってのに、いきなりこれかよ……」

出鼻をくじかれた俺は慣れない虫退治の疲れも加わってすっかり意気消沈《いきしょうちん》してしまっていたのだが……日没後、本格的に天気が崩れはじめた頃に風向きが変わった。

虫退治を終えたあと、「この天気じゃあ、今日の雑霊退治はやめたほうがよさそうね」という楓の判断に従い、みんなでゆっくり夕食を終えたときだった。

「……少し疲れちゃったから……今日は先に部屋で休んでる……ね……」

慣れない虫退治が効いたのか、爆弾低気圧の接近で調子を崩すタイプだったのか。小日向《こひなた》先輩がそう言って自室に戻ったそのタイミングで、桜と楓が動いた。

「そうね。今日はちょっと精神的にも疲れたし、私も早めに休もっかな」

「私も少し一人の時間が欲しいわ。雑霊退治は明日以降もあるのだし、今日は自分の部屋でくつろがせてもらうわ」

二人は小日向先輩に同調するようにして、さっさと部屋に引き上げる空気を作りだす。

その空気作りは見事に成功し、俺と宗谷《そうや》も含めた全員が各々《おのおの》の部屋へと戻って一人で休む流

れになる。一見して、それは俺と宗谷が二人になれる状況とはほど遠いように見えるが――、

「よしっ、今日はもうダメかと思ってたけど……！」

あんまり喜ぶのは小日向先輩には悪いと思いつつ、俺はすぐにダイニングルームにUターン。珈琲を淹れると備え付けのでかいテレビをつけ、ソファーでくつろぎはじめた。

これは楓たちと事前に打ち合わせたパターンの一つ、ダイニングルームでばったり鉢合わせの型だ。

ペンションの二階中心部に位置するこのダイニングルームは台所が隣接された共用スペースで、各々が部屋で休んでいる最中でも飲み物や食べ物が欲しくなった者が自然と集まってくる場所。

ゆえにここでくつろいでいれば宗谷が自分からやってきてくれる可能性が高く、そのまま自然な流れで雑談に入れるという寸法だった。

まあそれだと宗谷以外の面子《メンツ》も顔を出すのでは？　という懸念はあったが、宗谷に変な違和感を抱《いだ》かせないためにはむしろそのほうが好都合。

いつ誰が来てもおかしくない、ペンションのあらゆる場所に通じる扉や階段があるこのダイニングルームはリラックスした状態で雑談をするのに最も適した場所だったのだ。

むしろ宗谷と完全な二人きりになったりしないよう、楓と桜には定期的に様子を見に来るよう頼んであるくらいである。

「ま、そうはいっても邪魔が入らないように最低限の手は打ってるんだけどな」

南雲《なぐも》や小日向《こひなた》先輩ならまだしも、烏丸《からすま》が突撃してきた日にはゆっくり雑談どころじゃない。

ゆえに先ほど、各自が部屋へと戻る最中、

『なあ烏丸、そういやさっき西館で虫退治してるときに下着が落ちてるのを見つけたぞ。虫を相手にするのが精一杯でどこに落ちてたかは覚えてねぇけど、洗濯物の取りこぼしかな？』

『なんだと!?』

これで烏丸は西館にしばらく釘付けだ。

ちなみに下着はちゃんと俺のトランクスを隠しておいたので嘘《うそ》じゃない。

さて、そんなわけで準備は万端。

あとは俺自身が変に緊張したりしないよう注意しつつ、宗谷《そうや》が来ないことも覚悟して粘るだけだ。

「にしても、本当にすげー天気だな」

コーヒーをすすりながら真っ暗な外を見る。

隣県を直撃するという台風の影響で外は風が強く、ざあざあと打ち付ける雨の音はなんだかテンションが上がる感じと落ち着く感じが入り交じった不思議な気持ちにさせてくれた。

「……なんか、ミステリ映画とかなら殺人事件でも起きそうなシチュエーションだな」

雨の音だけが響く海沿いのペンションン。

思えばやたらとできすぎた舞台に少しばかり不謹慎な想像が頭をよぎった、そんなときだった。

……ぺた……ぺた……


「……ん」

それは誰かがダイニングルームに向かってくる足音だった。

途端、意識しないようにしていた緊張でごくりと喉《のど》が鳴る。

さて、一体誰だ。

いやまあ、相手が誰であれ自然に接するまでなんだが。

……でも待てよ。

そういや俺、宗谷とは呪《のろ》いを解くための方針やら仕事の話以外でゆっくり話したことがほとんどないような……適当な雑談っていってもなにから話せば……。

と、俺がいまさら肝心な部分を曖昧《あいまい》にしていたことに気づき、自らの詰めの甘さに焦《あせ》りを感じはじめていたとき。

――……キィ。

「……晴久《はるひさ》君」

扉のゆっくり開く音と、俺を呼ぶ宗谷の声。

（来た！　宗谷《そうや》だ！　……あれ？　でも宗谷って俺のこと下の名前で――）

呼んでたっけ、と違和感を抱《いだ》いて振り返ったそのとき。


――バツン！


声の主の姿を確認する直前。

まるでブレーカーが落ちたかのように、突如として周囲が真っ暗になった。

2

「っ⁉」

なんだ急に⁉

なにも見えねえ！

まるで計ったかのようなタイミングで消えた照明とテレビに心臓が跳ね上がる。

「おい宗谷？　宗谷だよな？　そっちは大丈夫か？」

そう呼びかけるもなぜか向こうから返事はない。

そこで俺はブレスレットを外し、周囲の状況を把握すべく角の能力で五感を引き上げようとしたのだが……それは叶《かな》わなかった。

──ひたひたひたひた……ばっ！

「うわっ!?」

ダイニングルームに入ってきた何者かが突如無言で飛びかかってきて、ブレスレットを外す間もなく俺の両手を縛り上げたのだ。

（っ!?　なんだこいつ!?　宗谷じゃないのか!?）

そのままソファーに押し倒された俺は真っ暗な視界の中で一体なにが起きているのかわからず大混乱に陥る。

だがその混乱はまったくの序の口だった。

縛られ押し倒されたその直後、俺を押し倒した何者かが次に起こした行動によって、俺は完全なパニック状態にたたき落とされる。

「──晴久《はるひさ》君、古屋《ふるや》君、晴久」

暗闇の中で俺の名前を呼ぶ何者か。

その身体《からだ》が俺に覆《おお》い被《かぶ》さり、この世のものとは思えない柔らかさと温かさ、むせかえるような甘い女の子の匂《にお》いが五感のすべてを支配する。

くらくらするようなその感触に俺が言葉を詰まらせていたとき、

──れろっ。ちゅぱっ、れろっ。

「うおっ!?」

熱く湿ったなにかが俺の首筋を這《は》い回る。

かと思えば思い切り首筋に吸い付かれ、電気が走るような感覚に身体《からだ》が跳ねた。

（な、なんだこれ!?　首筋にむしゃぶりつかれてる!?）

突然のことに気が動転し、声もろくに発せない。

「ふー♥　ふー♥　晴久《はるひさ》君っ、美味《おい》しいっ♥　古屋《ふるや》君の味……♥　晴久の匂《にお》いっ♥」

くぐもった声が暗闇に響く。

その鼻息は加速度的に熱く激しくなっていき、俺を包み込む何者かの身体もどんどん体温が上がる。俺の足を挟み込んだその太ももに力が入り、がっちりとホールドされる。ムチムチの太ももの根元にあるぷりぷりとしたなにかが俺の膝《ひざ》に激しくこすりつけられ、ぐちゅぐちゅと湿った音を立てていた。それに伴い女の子の匂いもより濃密さを増し、こちらの理性を溶かしていくかのようだった。

（なんだこれ!?　なんだこれ!?）

パニックになって逃れようとするが、両手を縛られた状態でのしかかられてはろくな抵抗もできない。

その上相手は力が強く、俺は組み伏せられた状態でひたすら首筋をねぶられる。柔らかいなにかがこすりつけられる膝に熱くてねっとりした液体が染み込んでくる。

そして次の瞬間、

「ふー♥　ふー♥　ああもうダメ……我慢できない……っ♥」

ビリビリビリッ！

「っ!?」

事態はさらに加速《悪化》する。

声が震《ふる》えるほど興奮しているらしいその子は俺を押さえつけるように首筋に唇を押しつけたまま声を漏らすと——俺のシャツをいとも容易《たやす》く引き裂いた。

さらに、その子は自分も服を脱いだのだろう。

衣擦《きぬず》れの音がしたあとに再び俺の上半身に押しつけられたその感触は筆舌に尽くしがたい柔らかさ。素肌を蹂躙《じゅうりん》する生の女の子の感触に意識のすべてがもっていかれそうになる。

だがその強烈な感覚もすぐに吹き飛んだ。なぜなら、

——れろっ、こりこりっ、じゅるるるるるるるっ！

「っ！　うぁ!?　〜〜〜〜〜〜っ!?!?」

剥《む》き出しになった俺の乳首を、肉厚の舌が蹂躙したのだ。

最初はねっとりと全体を舐《な》めるように。

続けて舌先で嬲《なぶ》るように、円を描くように。

そして最後に思い切り吸い付かれ、強烈な刺激に背中が大きく反った。

「ぶぽっ、じゅるっ、可愛《かわい》いっ、可愛いっ、古屋《ふるや》君の乳首、女の子みたいに可愛いぃっ♥♥」

熱に浮かされたように乳首にむしゃぶりつきながら、さらにその子はもう片方の乳首へと手を伸ばす。

ぴんぴんぴんっ。こりこりこりっ。

指先ではじくように、かと思えば軽くつまんでこねくり回すように。

めまぐるしく変わる刺激が両方の乳首を刺激し、頭がおかしくなりそうだった。

「うあっ!?　やめ——っ！」

かろうじて声を漏らしながら、縛られた腕で必死の抵抗を試みる。

俺の胸に吸い付くその子の頭をなんとか押しのけようとぐいぐい押すのだが、

「〜〜っ♥　っ♥　じゅるるるるるるっ♥」

「——っ！」

それは完全に逆効果だった。

俺の中途半端な抵抗を受けて興奮したように鼻息を一段と荒くしたその子は、さらに激しく乳首に吸い付いてきたのだ。

跳ねる身体《からだ》。口から勝手に漏れてしまう声。

そうして俺が混乱から脱する間もないほどの刺激に打ちのめされていたとき。

「はぁ♥　はぁ♥　ああ、もう我慢なんて無理……君が悪いんだよ……？」

その子が肉欲に染まった声を漏らす。

「そんな可愛い声で、いやらしい身体で……私を誘惑してくるから……っ♥」

「いっ!?」

それまで俺の逃走を防ぐように背中へ回されていたその子の細い手が下へスライドし……俺の尻《しり》をまさぐりはじめた。

形を確かめるようにズボンの上を這《は》い回っていたその手はしかし、すぐにズボンの中へと侵入してきて――。

「――――――――――っ！」

その瞬間。

それまで大混乱の大パニックで真っ白だった俺の脳内が突如として真っ赤に染まる。

頭の中に響きわたるのはエマージェンシーを知らせる警戒音。

身体全体を包み込む女の子の感触も乳首を襲う刺激も何もかも吹き飛んで、全身から血の気が引いた。なぜなら、
ズボンの中に侵入してきたその女の子に指が、下着越しに、俺の尻の穴へとずっぽりと差し込まれたのだ。

――犯される!!

――いや、処女を奪われる!?

それは本来、男に生まれた俺が一生抱《いだ》くはずのない恐怖。

そしてそのあり得ない恐怖がようやく、パニックを起こして機能停止に陥っていた俺の理性を復活させた。その途端、

「きゃあああああああああああああああああああああっ!?」

お尻《しり》の穴に異物を突っ込まれた俺の口から、女の子のような悲鳴が迸《ほとばし》った。

3

暴風雨に見舞われるペンションに俺の悲鳴が響き渡ったその直後。

バタン！　バタバタバタバタバタ！

続けてペンション内に木霊《こだま》したのは、各所の扉が蹴《け》り開けられるような音。そして複数の人物がダイニングルームに駆けつける激しい足音だった。

「……っ！」

瞬間、俺の処女を奪わんとしていたその何者かは即座に身を起こす。

そのままソファーを飛び降りると、ダイニングルームの暗闇の中へと姿を消してしまった。

「ちょっとお兄ちゃん!?　いまの悲鳴はなに!?」

「古屋《ふるや》君、無事!?　……っ、どうしてここだけ電気が消えているの!?」

そしてそれと入れ替わるようにダイニングルームへ突撃してきたのは桜《さくら》と楓《かえで》。

二人はダイニングルームの電気をつけると、ソファーの上で両手を縛られ上半身裸でぷるぷると震《ふる》えていた俺を見つけて顔を青くする。

「お兄ちゃん!?　ちょっ、その格好、なにがあったのよ！」

「……っ！　部屋に充満してるこの発情した女の匂《にお》い……まさか……っ!?」

そして二人が俺の縄をほどこうと駆け寄ってくると同時、ほかの面子《メンツ》も少し遅れてダイニングルームに駆け込んできた。

「古屋君!?　え、なにっ、どうしたの!?　……っ、この匂いって……!?」

「おい晴久《はるひさ》！　なんだいまの悲鳴！　……うっ、巨乳が揺れて……力が……」

「晴久君……っ、大丈夫……!?」

「おい古屋貴様！　まさか落ちていた下着とはこの汚らわしいトランクスのことではないだろうな！　期待に股間《こかん》を膨《ふく》らませて西館を探索しまくっていた私の時間を返せ！」

なんだか約一名おかしなのがいたが、宗谷《そうや》と南雲《なぐも》、小日向《こひなた》先輩が俺の身を案ずるように集まってきてくれる。

「……あ、いや、それが……」

そして俺は、とてつもないピンチを回避できた反動で身も心も弛緩《しかん》してしまったのだろう。

呆然《ぼうぜん》としながら、小日向《こひなた》先輩に渡されたバスタオルで身体《からだ》をかき抱《いだ》くように隠しつつ、

「暗くてよく見えなかったし、そいつはもう暗闇に乗じてどこかに逃げたんだが……なんか、ここで一人のんびりしてたら女の子に襲われて……尻《しり》の穴を犯されそうになった……」

俺は言葉を濁す余裕もなく、ぷるぷると震《ふる》えながらぽつりとそんなことを漏らしてしまう。

と、その瞬間。

「「……っ！」」

ビキビキビキッ！

そんな音が聞こえてきそうなほどの殺気が場に満ちる。

打たれ弱い烏丸《からすま》がその空気だけで「ひっ!?」と縮みあがり、部屋の隅で小さくなるほどだ。

な、なんだ？　と面食らうが、俺はいましがた自分の身に降りかかった出来事を受け止めるのに精一杯で頭が上手《うま》く働かない。

と、そんな俺の身体を、桜《さくら》が凄《すさ》まじい目つきで見下ろし、

「首筋にキスマーク……!?　それに首筋や、む、胸元にも舐《な》め回されたみたいな跡が……しかもこの雌豚が盛ったみたいな生々しい匂《にお》い……膝《ひざ》にマーキングするみたいに染みついてるその液体ってまさか……どこのどいつよ……よりにもよって私たちがお膳立てしてあげた状況でこんな真似《まね》してタダで済むと思ってるわけ……？　ぶっ殺してやるわ……っ！」

「古屋《ふるや》君を狙《ねら》うってことは、まさか魔族……？　……そっかぁ、こういうことするんだ……

魔族って本当に人類の敵なんだね……逃げたのなら早く追いかけて徹底的に滅さないと」

桜と宗谷《そうや》がなにやら瞳孔《どうこう》をガン開きにし、異常なまでの敵意を発露する。

「少し落ち着きなさい二人とも。犯人が魔族とは思えないわ」

と、なぜか怖いほどにヒートアップする宗谷と桜をたしなめるように冷静な声が響いた。

楓《かえで》だ。

「このペンションには元々、沖合の結界を緩《ゆる》めた際に雑霊が入ってこないよう私たちが強力な結界を張っているわ。さらに昼間の虫騒ぎのあとは物理結界も重ねがけして、文字通りネズミ一匹侵入できないようになっている。確かに魔族やそれに連なる凶悪な霊能犯罪者なら私たちに気取られずすり抜けることも不可能ではないでしょうけど、事を起こしたあとになんの痕跡《こんせき》もなく一瞬で消えるなんてあり得ないわ」

「た、確かに……言われてみればこのペンション内には私たちの気配しかないわね」

桜が周囲の霊力を探るように印を結び、楓の言葉に同意する。

そして桜の同意を得た楓は探偵のような口ぶりで朗々と続きを話した。

「そう、ここにはいま私たちしかいないの。よほどのイレギュラーでも起きていない限りはね。そしてこのダイニングルームはペンションの各所を繋《つな》ぐ中継地の役割を果たしていて、各方面へと至る扉がいくつもあるわ。この部屋から逃げたあと廊下を回り込み、古屋君を助けに来た私たちと何食わぬ顔で合流するなんて造作もない。さらに古屋君が襲われた際、偶然にも私たちは全員が単独行動をしていて、誰もアリバイがないわ。つまり――」

と、そこまで冷静だった楓《かえで》に異変が生じる。

突如としてその全身から膨大《ぼうだい》な霊力と殺気が立ち上り、人でも殺しそうな目つきで周囲を睥《へい》睨《げい》しながら極寒の声を響かせた。


「――古屋《ふるや》君を襲った犯人《淫売》はこの中にいる」


ビシィッ！

まるで空気が軋《きし》むかのような緊張感が部屋に満ちた。

疑心暗鬼《ぎしんあんき》と敵意に満ちた視線が互いを窺《うかが》うように交差し、修羅場めいた沈黙が場を支配する。

そしてその沈黙を破ったのは、ひときわ強い威圧感を放つ楓だった。

「宗谷美咲《そうやみさき》。あなたの淫魔眼《いんまがん》でなにかわかることはない？」

そして開口一番に宗谷へと水を向けた。

顔を見た相手のあらゆる性情報を読み取る呪《のろ》いに魅入《みい》られた宗谷ならピンポイントで犯人を特定できるかもしれないと考えたのだろう。

周囲に緊張が走り、宗谷に注目が集まる。

だが、

「……ダメです。淫魔眼は明確になにかしらの一線を越えた場合しか数値に変化がないので、激しい愛撫《あいぶ》程度だと判別がつかないです。……てゆーか、淫魔眼で視《み》る限り、葵《あおい》ちゃん以外この場にいる全員がいつ古屋君を襲ってもおかしくない状態のような……」

宗谷は首を横に振りつつ、なにやら楓に負けず劣らずの威圧感とともに周囲へキレたナイフのような視線を向ける。な、なんだ。どうしたんだ宗谷のヤツ……。

「……そう。なら一人ずつ怪しい人間を尋問していくしかないわね」

と、なにやらブツブツと漏らす宗谷からばっと顔を逸《そ》らし、楓は別の人物へ目を向けた。

「南雲睦美《なぐもむつみ》」

「うえ!?」

突如として楓の殺気を真正面から喰《く》らった南雲がびくりと肩を震《ふる》わせる。

「思えばあなたは学園に転入してきたその日から古屋君に襲いかかっていたわね？　確か胸を大きくするために性的な刺激がほしい、だったかしら。あなたの身体能力なら古屋君の拘束《こうそく》も部屋からの逃走も容易。現状、かなり怪しいと言わざるを得ないわ」

「なるほど確かに……そうだよね」

「睦美あんた……そういえば普段からお兄ちゃんを見る目がいやらしかったわよね。今回の罰則労働でも力が抜けたのを口実にお兄ちゃんの素肌に密着して……なんて卑しいの！」

「ちょっ、ちょっと待てよ！　言いがかりだ！」

楓《かえで》、宗谷《そうや》、桜《さくら》から疑いの目を向けられた南雲《なぐも》が竦《すく》み上がりながらぶんぶんと首を横に振る。

「あたしは別に古屋《ふるや》とそういうことしたいんじゃなくて、胸を大きくしたいんだよ！　だからあたし自身がそういうことをされる側じゃないと意味ないっつーか、あたしなら襲うんじゃなくて襲われるよう仕向けるって！」

「……でも結局、性的な刺激があればいいんだから、強引に犯すって可能性もゼロじゃないよね。睦美《むつみ》ちゃん、襲われる妄想も襲う妄想もよくするでしょ？」

「ちょっ、宗谷さんがそういうこと言うと説得力がヤバいからよしてくれ！　てゆーか古屋を襲うっていうなら、あたしより小日向《こひなた》先輩のほうがよっぽどだろ！　リハビリとか言って全身にローショ……サンオイル塗らせてたんだぜ⁉」

宗谷から問い詰められた南雲が言い逃れするかのように小日向先輩を指さす。

「サンオイルですって……？　古屋君が、あの日本人離れした身体《からだ》に……？」

「は……？　なにそれ……？」

「そういえばそうだったわね……睦美なんかより小日向さんのほうがよっぽど捕食者よね……」

「ひっ⁉」

三人の敵意が小日向先輩と、そしてなぜか俺にも向く。

しかし南雲と同様にビビり散らす俺とは違い、小日向先輩は動じなかった。

いつもの少し気弱そうな雰囲気とは対照的に、楓たちから向けられた疑いの視線を真っ向から受け止める。

「……私は……古屋君が嫌がるようなことは……しないよ……？　それを言うなら……普段から……晴久《はるひさ》君にキツい態度だったあなたたちのほうが……晴久君の気持ちをないがしろにして……無理矢理犯そうとする可能性が……高いよね……？」

徹底抗戦の構え。

「なっ、そっ、そんなわけないでしょ!?」

「そ、そうだよ！　リハビリを口実に古屋君と色々やろうと妄想してる小日向さんには言われたくないよ！　……まぁ桜ちゃんは強引に犯そうとする可能性は十分あるけど」

「ちょっ、美咲《みさき》!?　あんたどっちの味方なのよ!?」

反論しつつ仲間割れ（？）の様相を呈してきた桜と宗谷に反し、小日向先輩は揺るがない。

さらに先輩は、未《いま》だにお尻《しり》をかばいながらぷるぷると震《ふる》える俺の手を優しく取ると、

「……証拠もないのに尋問しても……不毛、だよ。……ねぇ晴久君、もし思い出したくないなら、思い出さなくていいけど……晴久君を襲った子のこと、わかる範囲で……教えてくれるかな……？」

「え、えぇと……」

小日向先輩に優しく促されて、俺は先ほどの出来事を思い出す。

そして小日向先輩の言葉に「暗くてよくわからなかったらしいけど、それでも確かに判断材

料にはなるか」といちおうの納得を見せた楓《かえで》たちへ向けて、俺はゆっくりと口を開いた。

自分の身に起きたことを整理するように。

「……最初、俺はここでコーヒーを飲みながらくつろいでたんだ。そしたら後ろから宗谷《そうや》っぽい声がして――」

「えっ!?　ええっ!?」

「美咲《みさき》いいいいいいいいっ！　あんただったのね!?　誰がなんのためにお膳だてしてあげたと思ってんのよ!?　なにいきなり一線越えようとしてんの!?　信じらんない！」

「なるほど。自分は淫魔眼《いんまがん》があるからそれをもとに適当なことを吹聴して疑心暗鬼《ぎしんあんき》を加速させられるし、そこまで見越して古屋《ふるや》君を襲ったというわけね？　なんて卑しい。人式神を口実に古屋君の隣を独占しようとするだけあるわ。これはもういまのうちになにかしらの処置をしておく必要があるわね」

「ち、違うよ！　わたしじゃない！　わたしはそんなことしないよ！」

「どうだか！　バレてないと思ってるんでしょうけど、あんたがお兄ちゃんを夜の岩場に誘い込んだことだって知ってるんだからね!?　いやらしい！」

「うぇ!?」

「事情が事情だからと見逃してあげていれば……そうね、けど私たちも鬼ではないもの。あなたのその爛《ただ》れた性根が健全なものになるよう、残りの罰則労働の期間中、そこの崖にずっと逆さ吊りにする刑……もとい指導で許してあげなくもないわ」

「ちょ、ちょっと待てお前らっ」

と、マッハの速度で噴き上がった桜《さくら》と楓に俺はストップをかける。

俺の話はまだ全然終わっちゃいないのだ。

「確かに最初は宗谷の声だと思ったんだ。けどそのあとはなんか、混乱してたせいかな、宗谷のような楓のような……なんか誰の声かよくわかんない感じになったんだよ」

「は？　なにそれ？」

俺の証言を聞いて桜が眉根《まゆね》を寄せる。

さらに疑いが晴れた宗谷は「ほらあ！」と顔を真っ赤にして髪の毛を逆立てると、

「だから言ったのに！　わたしじゃないって！　葛乃葉《くずのは》さんじゃないんだから、わたしはそんないやらしいことしないもん！」

「なっ⁉」

爛れた性根とか言われた仕返しだろうか。

宗谷が突如として楓をやり玉にあげ、いままで探偵ポジションだった楓は面食らったように眼《め》を見開く。

「なんの根拠があってそんなことを言っているのかしら。ふざけないでちょうだい」

「だって怪しいって言うなら葛乃葉さんが一番怪しいじゃないですか！　声が途中で変わった

って、それ変身術のせいなんじゃないんですか!?　最初はわたしに化けてて、けど興奮して途中から術が解けちゃったとか!」

「なんですって……?　訂正しなさい、この私がそんなはしたない真似《まね》をするわけがないでしょうっ」

「はぁ!?　むしろしないわけがないんじゃないですかー!?　病院で古屋《ふるや》君にあんなこ、こ、こんなことしたくせに!　もう除霊済みって体《てい》ですけど、古屋君の水着姿に当てられてその怪異《かいい》とやらが再発しちゃったんじゃないんですかー!?」

「この……言うに事欠いていまそれを持ち出すの……!?　なら言わせてもらうけれど、あなただって式神を遠隔操作して襲ったという可能性があるでしょう!　あなたが生み出した式神なら霊力の気配は誤魔化《ごまか》せるし、姿だって多少融通が利く。式神は五感を共有できるのだからあり得ない話じゃないわ!　途中で声が変わったのはそれこそ正体がバレるのを恐れて途中で式神の仕様を変えたからではないの!?」

「言いがかりだよ!　大体式神越しでそんなことやっても意味が——じゃ、じゃなくて!　そんなことしてなんの意味があるっていうんですか!」

なんだかよくわからない宗谷《そうや》と楓《かえで》の口論がどんどん激しさを増していく。

「……ねぇ晴久《はるひさ》君……晴久君を襲った人は……ほかになにか、特徴があったり……特定できるようなこと言ったり、してなかった……?」

戸惑う俺に、小日向《こひなた》先輩がさらに話を促してきた。

「そ、そうですね……なんか俺の味がどうとか匂《にお》いがどうとか言ってたような……」

「じゃあ桜《さくら》ちゃんだ！　桜ちゃんが怪しい！」

「なっ⁉　いきなりなに言ってんのよ美咲《みさき》⁉」

再び俺の話を中途半端に聞きかじった宗谷が今度は桜に噛《か》みつく。

「いままでは見て見ぬふりしてきてあげたけど、わたしだって知ってるんだからね⁉　桜ちゃんが古屋君の匂いが染みついた下着で夜な夜な——」

「ぎゃああああああああああああああああああっ⁉　あんたなに口走ろうとしてるわけ⁉　そりゃあんたに知られるのは別にかまわないけど、こんな場面で言うなんてシャレになんないでしょうが！」

「へぇ、やっぱりこのストーカー小娘、やましいことがあるんじゃないの。古屋君を組み伏せられるだけの体術はあるわけだし、怪しさでは暫定一位ね」

「ふざけんじゃないわよ！　あんたたちこそ普段からお兄ちゃんをいやらしい目で見てる上に、変身術と式神使いなんて怪しさツートップじゃない！」

「み、見てないもん！　いやらしい目でなんて見てないもん！　桜ちゃんじゃないんだから！」

「そ、そうよ。名誉毀損《めいよきそん》で訴えるわよ。葛乃葉《くずのは》家の権力を舐《な》めていたら痛い目を見るわよ？」

「家の権力なんか持ち出してんじゃないわよ！　ますます怪しいわねこの女狐《めぎつね》！」

「そう言うあなたこそよく吠《ほ》えるわね？　後ろ暗いことがあるからそんなに激しく噛《か》みついているんじゃないの？」

「それならあんたこそ率先して場を仕切って怪しいことこの上ないでしょ！　そろそろ白状したらどうよ！」

ぎゃいぎゃいと口論が続く。

だが俺が新しく証言することもなくなった議論の場はもうほとんど疑心暗鬼《ぎしんあんき》をぶつけあうだけの場と化しており、犯人捜しは泥沼の様相を呈しはじめていた。

そうして決定的な証拠も見つからないままどれだけの時間が過ぎた頃だろうか。

「――ああもう！　こんな議論、続けてたって時間の無駄よ！」

突如、ひときわ大きな桜《さくら》の声がダイニングルームに響き渡った。

「こうなったら得体の知れない誰かにお兄ちゃんが食い散らかされる前に、私がお兄ちゃんを犯してやるわ!!」

「…………………は？」

俺は自分の耳を疑って呆然《ぼうぜん》とする。

かと思えば、

「ふざけないで。誰がそんなことを許すというの。それなら私が古屋《ふるや》君を犯すわ」

「いっそここにいる全員で襲っちゃえば解決だよっ」

楓《かえで》、続けて宗谷《そうや》の声が響き、俺は顔面蒼白《がんめんそうはく》になる。

「さ、桜……？　楓……？　宗谷……？」

助かったと思ったら全然助かってなかったホラー映画のラストのような展開に俺は怯《おび》えて後ずさる。

だが一方、信じがたい爆弾発言をした当の本人であるはずの宗谷、桜、楓の三人の狼狽《ろうばい》っぷりは俺の比ではなかった。

「ちょっ、なにいまの!?　違うよ！　いまのわたしじゃないよ!?」

「私も違うわよ!?　あんな下品なこと言うわけでしょ!?」

「あなたは言いそうだけれど……いまのはなに……!?」

「いやでも、いまのは宗谷さんたちとまったく同じ声だったぜ!?」

「……でも確かに……口の動きとか……一致してなかったよね……」

そうして楓たちが周囲を警戒すると同時、南雲《なぐも》と小日向《こひなた》先輩も「なにかがおかしい」と周囲を見渡す。

「んん!?　一、二、三……なんだ？　私の目がおかしいのか？　この部屋に八人いるように見えるのだが……」

と、それまで白熱する議論に怯《おび》えて部屋の隅で小さくなっていた烏丸《からすま》が近寄ってきて、おかしなことを言い出した。

「いや八人って……俺と烏丸《からすま》、宗谷《そうや》、楓《かえで》、桜《さくら》、南雲《なぐも》、小日向《こひなた》先輩、宗谷の七人だろ?」

俺は一人一人指さし確認しながら数える……のだが、あれ?

「え……?　八人……いる!?」

ぞわっと背筋が泡立つ。

おかしい。

一人一人ちゃんと顔を見て数えたはずなのに、確かに一人多い……!?

あれ?　というか……

「いま俺、宗谷を二回数えてなかったか……?」

「……っ!?　お兄ちゃん!　そいつから離れて!」

俺が違和感に気づいたのと同時、桜が俺を引っ張った。

それと同時、桜と同じかそれ以上の霊視能力を持つだろう楓が宗谷たちを獣尾で包み、ダイニングルームの端へと後退する。

するとさっきまで認識できなかった何者かが、ぽつんとダイニングルームの真ん中に立っているのをようやく認識できた。

だが、

「……!?　なんだあいつ、誰だ?」

それは俺たちと同世代の女の子だった。

けれど不思議なことに、どんな容姿をしているのかどんな服を着ているのか、どれだけ目を凝らしてもわからない。認識できない。

その子は宗谷にも見えるし、楓にも見えるし、桜にも見えるし、南雲にも小日向先輩にも見える――誰とも区別がつかない容姿をしていたのだ。

「えへへ……古屋《ふるや》君……晴久《はるひさ》君……晴久……お兄ちゃぁん……」

その何者かが容姿と同じく、五人それぞれの声音《こわね》で俺を呼ぶ。

一体なんだこいつはと俺が混乱する一方、それに輪をかけて困惑の声を漏らすのは、相手の霊力を正確に感知できる桜と楓だった。

「なんなのこいつ……!?　私と女狐《めぎつね》、美咲《みさき》、睦美《むつみ》、小日向先輩……霊力の質が全員と同じ!?」

「結界内に侵入されても感知できないはずだわ。それにしても、これはまさか……」

と、二人が困惑と警戒をあらわにしていたときだ。

「おいなにしてんだ!?　要はこいつが古屋を襲った犯人で間違いないんだろ!?」

俺の悲鳴を聞いた際に持ち出していたのだろう妖刀を構えて南雲が叫ぶ。

「楽しかった合宿……じゃなくて罰則労働を台無しにしやがって！　どこのどいつか知らねーけど、あたしの新武器で叩《たた》きのめしてやる！」

「ちょっと待ちなさい！　迂闊《うかつ》に動かないで！　私たち五人と同じ霊力を持つなんて、私の予想が正しければソレは――」

楓《かえで》が止める間もなく南雲《なぐも》が飛び出す。

が、その攻撃が届く直前――南雲が周囲の乳力によって脱力して攻撃に失敗する前に、事態はすでに完了していた。

「アッッハッハハハハハハハハハ！　もう我慢できない……もう我慢できないよねぇ……！」

バシュッ！

謎の女の子が奇声を上げると同時。

その身体《からだ》が凄《すさ》まじい光とともに分裂。

五つの欠片《かけら》が宗谷《そうや》、桜《さくら》、楓、南雲、小日向《こひなた》先輩へとそれぞれ殺到した。

「「っ!?」」

宗谷、桜、楓の三人が結界や式神でそれを防御するのだが――宗谷たちと同じ霊力を持つという性質ゆえだろうか。

「きゃあっ!?」「なっ!?」「くっ!?」「なんだこれ!?」「……ひゃっ!?」

なぜか一瞬ですり抜けられ、欠片が宗谷たちの身体に吸い込まれていく。

憑依《ひょうい》された!?

「おい大丈夫かみんな!?」

一体なにが起きてんだ!?

めまぐるしい展開に翻弄《ほんろう》されるまま宗谷たちに駆け寄る。

するると桜、宗谷、楓、南雲、小日向先輩は一様に下腹部のあたりを手で押さえ、

「う……ぐぅ!?」

「なにこれ……熱い……!?」

「……っ！」

「うわっ!?　なんか……なんだこれ!?」

「……ムズムズ……する……!?」

息を荒げて顔を赤くする。

と、次の瞬間。

「「「「「……っ!?　きゃっ、あああああああああっ！」」」」」

宗谷たちが悲鳴とも嬌声《きょうせい》ともつかない声を一斉に上げると同時——その股間《こかん》が膨《ふく》らみはじめた。

股間から屹立《きつりつ》するナニカによって、それぞれの穿《は》いているスカートがまるでテントを張るかのように大きく盛り上がる。

「……え？」

そしてそのとき、俺は見た。見てしまった。

「え!?　え!?　なに!?　アソコからなにか生えて……!?」

宗谷《そうや》が混乱するがまま一瞬だけ持ち上げたスカートの中には——

長さ四十センチはあろうかという真っ白い肉棒が生えていた。

第四章　欲棒の災禍

1

「なっ、なにこれえええええええええええええええええ!?」

股間《こかん》から生えた肉棒を隠すように両手でスカートを押さえつけながら、宗谷が絶叫した。

しかし羞恥《しゅうち》で顔を真っ赤にした宗谷が必死に隠そうとしているソレは、中腰になったり手で押さえたりしただけで隠しきれるような代物ではなかった。

霊的物質《エクトプラズム》が形を成したような白塗りの、しかしやたらとリアルなかたちをした四十センチ近い極太のご立派様。

宗谷が持ち上げたスカートを即座に下ろしたため一瞬しか目に入らなかったが、その存在感は目に焼き付いて離れないほどに強烈だった。

そしてその巨根はスカートで隠されてなお暴力的なまでの存在感を発揮する。

宗谷のスカートはその白い巨根によって内側から大きく押し上げられ、まるで一張りのテントが設置されてしまったかのような有様《ありさま》になっていたのだ。

加えて恐ろしいことに、出現した猥褻《わいせつ》テントの数は宗谷の股間に設営された一張りだけではなかった。

「なっ、んなのよ……これ……!?」

「く……っ!?」

「う……あ……!?　なんだこれ……頭がぽーっとして、身体《からだ》が熱いぞ……!?」

「……なんだか、アソコがヒクヒクしてて……ムズムズしてて……切ないよぉ……っ」

桜《さくら》、楓《かえで》、南雲《なぐも》、小日向《こひなた》先輩の股間《こかん》にも宗谷《そうや》と同じ大きさのブツが生えており、それぞれのスカートをテントに変えてしまっていたのだ。

全員が顔を赤くして身体をもじもじさせながら「はぁ……はぁ……」と息を荒らげており、明らかに様子がおかしかった。高熱でも出したみたいだ。

「おいみんな!?　どうなってんだそれ!?　大丈夫なのか!?」

「来ないで！」

「っ!?」

俺はみんなの体調が心配になって咄嗟《とっさ》に駆け寄る。

だが近づこうとした途端、桜の激しい一喝《いっかつ》に動きを止められた。

「だ、大丈夫だから……だからいまは、近づいちゃダメ……なにこれ、なんか凄《すご》く、ムラムラする……!?」

「そ、そうは言ってもお前、どう見ても様子がおかしいように思うんだが……」

桜だけじゃない。

楓や南雲、小日向先輩が俺に向ける視線はまるで獲物を狙《ねら》う野生動物のようで、なんだかやたらとギラギラしている。

　唯一の例外は宗谷くらいで、もじもじしながらも「なにこれ!?　なにこれ!?」とひたすら羞恥《しゅうち》で顔を赤くしている様子だった。

「うわあああああああっ!?　これは一体どういうことなのだああああああ!?　なぜ美咲《みさき》嬢たちには生えて、私には生えてきていないのだああああああああああ!?」

　女性陣の中でただ一人だけイチモツの生えてこなかった烏丸《からすま》が悔し涙を流して喚《わめ》き散らす。

　うるせえバカ！　と一喝したいところだったが、確かにそれは疑問だった。

　なんで宗谷たちに肉棒が生えているのに、いちおうは同じ女である烏丸だけが無事なのか。

　するとそんな疑問に答えるように、顔を赤くした楓が口を開いた。

「く……っ！　まさかこんなところで集積怪異《かいい》なんかに遭遇するなんて……！」

「そっか、集積怪異……！　どおりで……！」

　肉棒を必死に隠そうとしながら歯がみする楓の言葉に、桜が顔を真っ赤にして同調する。

　そんな二人の言葉に、南雲と小日向先輩が息を荒らげつつ疑問符を浮かべた。

「はぁ……はぁ……しゅ、集積怪異……？」

「なに……それ……？　普通の怪異とは、違うの……？　はぁ……はぁ……」

「極めて珍しい怪異の一形態よ。あなたたちがそうだったように、怪異とは通常、強い負の感情を抱《いだ》く一個人が怪人化する現象のことを指すわ。けれど集積怪異《かいい》は違う」

「不特定多数の人間が同じような内容の欲求不満や負の感情を一斉に放出すると、それがその土地に〝集積〟することがあるのよ。そしてその溜《た》まった負の感情や欲求不満と波長の合う人間が現れると、土地が共鳴を起こしてその人を疑似怪異化させるの。確率はかなり低いけど、条件さえ合えば同時に何人でもね」

南雲《なぐも》と小日向《こひなた》先輩の疑問に、楓《かえで》と桜《さくら》が答える。

「集積怪異って、マジかよ……っ！」

宗谷《そうや》たちの身に降りかかった怪現象の正体に俺は思わず声を漏らす。

「怪異に憑依《寄生》される怪異」とも定義される現象——集積怪異。

それについては、俺も座学で学んだことがあった。

怪異化した人間を特定するのが難しいのと同様、土地に集積した負の感情を探知するのがかなり難しいため、事前に対処するのが極めて困難とされる怪異だ。

しかしその反面、土地に集積した感情エネルギーと共鳴するには、それと極めて似通った負の感情や欲求不満を**めちゃくちゃ強烈に**抱いている必要があるため、ほとんど発生することがないとされる怪異でもあった。

土地に感情が溜まるのに時間がかかることもあり、国内での発生頻度は数年に一度。

授業でも「いちおう教えるけど」くらいの扱いだ。

だから俺は、正確な霊視を行える楓たちが下した結論に間違いはないだろうと信用はしつつ、どうしても見逃せない疑問を抱いてしまっていた。

「怪異っつーならさっさと対応しねーとだけど……確か集積怪異ってのは数年に一度くらいの発生頻度なんだよな？　そんな珍しい現象が五人同時に発生するなんて、このビーチにどんな感情が溜まってたっつーんだ？　この面子《メンツ》全員に共通する強烈な感情なんてそうそうないと思うんだが……？」

しかもこんな——肉棒が生えてくるような疑似怪異に繋《つな》がる感情なんて（いやまあ、怪異はもととなった感情や欲求をねじ曲げて表出するものだから、ストレートにヤバい欲求ではないだろうけど……）。

万が一誤診だったら初動をミスって宗谷たちの身体《からだ》に余計な負担がかかってしまうから、と心配してそう口を挟んだところ、

「「「「……………………………………」」」」

宗谷、楓、桜、南雲、小日向先輩が急に黙り込んだ。

互いに顔を見合わせ、楓と桜に至っては「しまった……っ、集積怪異について少し喋《しゃべ》りすぎたか」とでも言いたげな顔をしている。

な、なんだ？

なにかまずいこと言ったか俺？

五人のリアクションに困惑していた、そのときだった。

「そうかわかったのだ！　なぜ私にだけおちんちんが生えてこなかったのか！」

ずっとその理由を考えていたのだろう。

さっきまでこの世の終わりみたいに泣き喚《わめ》いてた烏丸《からすま》が突如として立ち上がり、難解なトリックを暴いた探偵もかくやという勢いで語りはじめた。

「ここはナンパ待ちどころか逆ナンで有名な肉食女子の集まる穂照《ほてり》ビーチ！　好みの男をゲットできずに身体《からだ》を持て余した性欲の強いエッチなお姉様方の欲求不満が数年にわたって集積していたに違いないのだ！　それが常日頃から強烈な欲求不満を溜《た》め込んでいたのだろう美咲《みさき》嬢たちに共鳴し、獣のごとく自分から古屋を犯せるようにと欲望の象徴である欲棒を股間《こかん》から生やした！　そう考えればすべての辻褄《つじつま》が合うし、先ほど古屋《ふるや》を襲った何者かもそんな願望が集積怪異《かいい》の本格発動を前に具現化したモノだったと考えれば美咲嬢たちの特徴を兼ね備えていたことにも説明が——」

ドゴッ！　グシャッ！　ベキベキベキッ！

「か、烏丸——————っ!?」

悲鳴すらなかった。

集積怪異発生の原因をまくし立てていた烏丸は、楓《かえで》と宗谷《そうや》、桜《さくら》から目にもとまらぬ総攻撃を受け、一瞬で気絶させられてしまったのだ。

……まるで口封じのように。

「まったく……この問題児の妄言《もうげん》には困ったものね」

「葵《あおい》ちゃんはいっつも変なことばかり言ってるから、今日くらいはちゃんと反省させないとね」

「ホントだわ。適当なことを言って場を混乱させるなんて、霊能犯罪者と同じじゃない」

口々に言うと、三人はスカートを押さえながら烏丸を部屋の隅へと引きずっていく。

だが俺はそんな三人の過剰な反応と烏丸が披露した推理、そして先ほど集積怪異の一部（?）だったのだろう女の子にお尻《しり》を狙《ねら》われたことを思い出し、ぶるぶると震《ふる》える。

そしてお尻をかばいながら恐る恐る、

「な、なぁ、さっきの烏丸の推理、デタラメってことでいいんだよな?

だ、大丈夫だよな?

その四十センチ近いマグナムバズーカが俺に銃口を向けてたりしないよな?

みんなの顔が赤くて息が荒いのはただ体調が悪いだけであって、そ、そういう、こと、だったりしないよな?

みんなして俺を犯そうだなんて考えてないよな?

以前アンチマジックミラー号内部で味わった恐怖を軽く上回るほどの嫌な予感に、思わず宗谷たちからジリジリ離れながら尋ねると、

「そ、そうだよデタラメだよ!　集積怪異が発生してるのは本当だけど、その原因については

葵《あおい》ちゃんが適当なこと言っただけだよ！　集積怪異《かいい》を呼び起こすレベルの強烈な欲求不満なんて……ぜ、絶対に違うもん！」

「古屋《ふるや》君？　……はぁ……はぁ……まさかあなた、あの問題児の荒唐無稽《こうとうむけい》な推理を鵜呑《うの》みにするの？　……はぁ……はぁ……まったくもってあり得ないわ」

「そうよ！　ふー♥　ふー♥　それにそもそも、私たちはちゃんと修行を積んでるんだから、仮にそんな頭のおかしい怪異を発症したところでそう簡単に呑まれたりしないの！　その証拠に、いまだってあんたを襲ったりしてないでしょっ!?　んっ♥」

宗谷《そうや》が顔を真っ赤にした涙目で、楓《かえで》と桜《さくら》は息を荒らげながらドロドロとした眼光をこちらに向けつつ断言する。

「だ、大丈夫か!?　ホントに大丈夫なんだよな!?」

宗谷はともかく、楓と桜の様子は本気でおかしい。目つきとか。

それにみんな烏丸《からすま》の推理を否定してはいるけど、生えてきた肉バズーカで俺を犯そうとしてるんじゃないかって肝心の部分は否定していないような……。

俺は集積怪異を発症してしまったという楓たちの身を案じつつ、さらにがっちりとお尻《しり》を守る。

「問題ないと言っているでしょう。……そんなことより、はぁ、はぁ、いまはこっちのほうが大変だわ」

楓が息を荒らげながら窓の外へ顔を向ける。

なんだか露骨に話を逸《そ》らすかのような楓の態度に俺はまた少し疑心暗鬼《ぎしんあんき》を強めてしまうのだが——楓につられて窓の外へ目を向けたことでそんな懸念は即座に吹き飛んでしまった。

「な、なんだありゃ……!?」

台風が掠《かす》めている影響で荒れる海。

その沖合に張られている結界が、ここからでも視認できるほどの光を放っていたのだ。

まるで押し寄せるなにかを限界以上の出力で食い止めているかのように。

そして、
バギィ！

暴雨風を容易《たやす》く貫くような破砕音が響き渡ると同時。

——オオオオオオオオオオオオオオオオオオオオオオッ！

昨夜までとは比べものにならないほど活性化した海の雑霊たちが一部破損した結界の隙間へと殺到し——海岸に押し寄せようとしていた。

2

「なんだ!?　今度は一体なにが起きてんだ!?」

突如として凶暴化した海の雑霊たちが沖合の結界を破ったことに俺は目を丸くする。

結界の破損はまだほんの一部だが……それでも結界を超えて海岸を目指す雑霊たちの数はどんどん増えていく。

「だから言ったでしょう。……くっ、大変なことになっていると」

目を剥《む》く俺に、楓《かえで》がもじもじとスカートを押さえながら言う。

「集積怪異《かいい》は堆積《たいせき》させたエネルギーを一気に放出するという性質上、ひとたび発動すると周辺の霊体に強い影響を及ぼすの。あの雑霊たちはそのせいで活性化してしまっているのよ」

「活性化って……限度があんだろ⁉　確かに集積怪異はそういう性質があるってのも教わった気がするけど、ここまで影響がでかいもんなのか⁉」

あれだけの数の雑霊が一斉に凶暴化。

さらに沖合に張られた強力な結界をいとも容易《たやす》く破壊するレベルにまで強化されるなんて、あまりにも影響がでかすぎる。沖合に溜《た》まっていた雑霊なんて、ほとんどが霊級格《スケールワン》1程度の雑魚《ざこ》だったはずなのに。

「ふー♥　ふー♥……多分、ここにいる面子《メンツ》のせいね」

と、桜《さくら》が中腰になって股間《こかん》の膨《ふく》らみを隠そうとしながら言う。

「集積怪異は疑似怪異化させた人間と共鳴して、放出するエネルギーを増幅させるのよ。当然、一人よりも五人を一斉に疑似怪異化させたほうが共鳴の効果は大きいし、なにより私たちは全員が優秀な霊媒。集積怪異をヤバいほど強化しちゃってると思うわ……それこそ霊体どころか、魂の脆弱《ぜいじゃく》な小動物に影響を与えちゃってもおかしくないくらいに」

「マジかよ……っ。つーかそれじゃあ昼間の昆虫騒ぎは集積怪異の前触れだったってことか⁉」

言われてみれば、ここにいる面子は相当ヤバい。

楓は最年少十二師天《じゅうにしてん》も確実と言われた葛乃葉《くずのは》家の跡継ぎで、桜は弱冠十六歳で監査部に籍を置く霊能エリート。

南雲《なぐも》と小日向《こひなた》先輩は元霊級格6《スケールシックス》であり、潜在能力だけなら十二師天にさえ匹敵しかねない逸《いっ》材《ざい》だ。宗谷《そうや》も現在は弱体化しているとはいえ、宗谷家の跡取りとしてポテンシャルは十分。

そんな五人と共鳴して集積怪異が力を増しているとしたら……その影響を受けた雑霊たちの暴走は沖合の結界を破る程度では済まないだろう。

「おいこれ、下手《へた》したら街に被害が出るぞ⁉」

街とビーチを隔てる海岸の結界は最終防波堤。

沖合のそれより数段強力なものだが、桜たちの話を聞いたあとでは夜明けまでもつとはとても思えなかった。

「ええ、一刻も早くこの忌々《いまいま》しい集積怪異を祓《はら》って事態を収拾しなくてはいけないわ」

ぎゅっ、とスカートを押さえながら楓が言う。

するとそれまで顔を真っ赤にして肉棒を隠すことに苦心していた宗谷が慌てたように、

「確か集積怪異を祓うためには、土地にエネルギーを溜め込むための核になってるなにかしらの霊的装置を探し出して壊さないといけないんですよね？　雑霊がここに押し寄せてきたら探索どころじゃなくなっちゃうし、早く探しにいかなしと！」

「そのとおりよ。だからいま、私に生えたこの忌々《いまいま》しいモノから逆探知して集積怪異《かいい》本体の居場所を探っているのだけど……くっ、この忌々しいモノが霊力を吸っていて……それに集中力を著しく低下させるほどに疼《うず》いて……っ、探知術式の精度が落ちているわ。どうしても大雑把《おおざっぱ》な方角しかわからない。ここ第二ビーチの海岸沿いにあることは確かなのだけれど……」

楓《かえで》が悔しげに唇を噛《か》みながら焦《あせ》った声を漏らした。

「くそ、よりにもよって海岸沿いか！　せめて街のほうなら押し寄せてくる雑霊の妨害を受けずに核を探せるってのに！」

楓の言葉に俺は頭を掻《か》きむしる。

集積怪異の核が厄介《やっかい》な方角にあるという話に加えて、術式の精度が落ちているという楓の言葉が俺を焦らせていた。

(口じゃ大丈夫って言ってるけど、術式の精度が落ちてるってことはそんだけ集積怪異の侵食が進んでるってことだもんな……)

楓でそれなら、ほかの面子《メンツ》はもっと心配だ。

雑霊が街になだれ込む恐れもあるし、一刻も早く事件を解決しなければならない。

けど核の在りかが方角しかわからないとなると、探し出すのにどれだけ時間がかかるか……。

しかもいまは暴風雨が吹き荒れる真夜中。

海岸方面と一口にいってもかなりの広さがあるし、雑霊の妨害も予想されるなかで姿形もわからない霊的装置を探すなんていくらなんでも――。

……いや、待てよ？

海岸方面にある霊的装置？

まさか。

「……あの祠《ほこら》か？」

「……？　古屋《ふるや》君？　なにか心当たりがあるの？」

「ああ。このペンションの真下あたりの岸壁に洞窟《どうくつ》があるんだが、そこで古びた祠を見た」

それはここに来た初日。

烏丸《からすま》に騙《だま》されて覗《のぞ》きをさせられた際に見つけた祠だ。

俺がそのことを話すと、楓は「なぜそんなところで祠を見つけたのかは気になるけれど」と俺に少し疑いのまなざしを向けつつ、

「なるほど……まず間違いないわね。それが今回の集積怪異の核よ」

確信に満ちた声で頷《うなず》いた。

「よしっ！　ならあとはそいつを壊すだけだな！」

場所さえわかればこっちのものだ。

楓《かえで》たちの体調も心配だし、雑霊がビーチに押し寄せる前に速攻で祠《ほこら》を破壊してしまおうと、ダイニングルームを飛び出そうとしたときだった。

驚愕《きょうがく》と焦燥《しょうそう》に満ちた宗谷《そうや》の悲鳴が轟《とどろ》いたのは。

「っ!? 睦美《むつみ》ちゃん!? 小日向《こひなた》先輩!?」

その逼迫《ひっぱく》した声に「なんだ!?」と振り返った俺の目に飛び込んできたのは――、

「はぁ、はぁ、古屋《ふるや》♥ 古屋あああああっ♥」

「晴久《はるひさ》君晴久君晴久君晴久君♥♥」

ギラギラとした瞳でこちらをガン見してくる南雲《なぐも》と小日向先輩。

そして――バキバキバキッ！

そんな音が聞こえてきそうなほどに怒張するマグナムが二人のスカートをさらに大きく盛り上げる地獄のような光景だった。

「なっ、おい、二人とも……!?」

雑霊の暴走などに気を取られて気づくのが遅れた二人の異変に俺は瞠目《どうもく》する。

しかしそれは、当然の結果だったのかもしれない。

楓と桜《さくら》、そして宗谷はプロの退魔師《たいまし》として怪異《かいい》化に抵抗する術《すべ》を持っている。

だが、南雲と小日向先輩は？

日々リハビリを進めているとはいえ、それはあくまで怪異の再発を防ぐための心構え。

いくら霊的ポテンシャルが高くともそれをコントロールする術を持たなければ、外部から無理矢理発症させられた怪異に抵抗できるわけがない。

ましてそれが異常なまでに強化増幅された集積怪異となれば――

「あたしにあんな気持ちいいこと教えたくせにそのあとはずっとはぐらかしてその上水着姿のあたしに触ったり隣でエロいオイルマッサージしたりなんなんだよ誘ってんだろ誘ってんだよな？　ああもうダメだ我慢できねぇこの生えてきたブツが疼《うず》いて仕方ねぇしこれで古屋の中に出しまくったら……気持ちよすぎて胸が大きくなりそうだな……♥」

「晴久君が悪い晴久君が悪い晴久君が悪い♥　だってあんなに可愛《かわい》くてかっこよくてそそるリアクションしてくれて私を見る目もギラギラしてなくて優しくてそんなの我慢するなんて無理だよぐちゃぐちゃに犯したいよドロドロになるまで無茶苦茶に壊れるくらい激しく――えへっ、えへへへへへへ♥　いっぱいいっぱい、愛《犯》して《して》あげるからねぇ……♥」

――こうなるのは火を見るより明らかだっただろう……。

「って、ちょっと待て！　いくらなんでもこれはさすがにおかしくなりすぎじゃねーか!?」

ヤバい。

これは絶対にヤバい。

瞳孔《どうこう》ガン開きになった南雲と小日向先輩は完全に俺をターゲットとしてガン見している。

その雰囲気は、さっき闇の中で俺のお尻《しり》に指を突っ込んできたあの子とそっくりで。

怪異《かいい》の進行を象徴するかのように肥大化した白い巨根はスカートの上からでもわかるほどヒクヒクと痙攣《けいれん》しながらまっすぐ俺に向けられていた。

犯される。

と、再燃した恐怖に表情をこわばらせた俺の姿が嗜虐心《しぎゃくしん》でも煽《あお》ったのだろうか。

それまで舌舐《な》めずりするように俺をガン見していた南雲《なぐも》と小日向《こひなた》先輩のほうから「プッン」とせき止めていたなにかが決壊するような気配がして、

「ああああああっ♥！　さっさと尻《しり》を出せ古屋《ふるや》あああああああああっ！」

「そんな誘うような顔してええっ♥！　もう我慢なんてできないよおおっ♥！」

「だあああああああああああああああああっ!?」

一斉に襲いかかってきた!?

てかこれやっぱり烏丸《からすま》の推理どおり俺《男》の尻を犯そうとする怪異だろ!?

南雲たちのどんな欲求を集積怪異がねじ曲げた結果なのか知らねえけどさあ！

「くっ、マズイ！」

「お兄ちゃん！」

反応が遅れた俺に代わっていち早く迎撃に動いたのは楓《かえで》と桜《さくら》だった。

楓が顕現させた二本の獣尾で俺を包み込むように下がらせ、桜が多重結界を発動させる。

俺の尻目《しりめ》がけて真《ま》っ直《す》ぐ突っ込んできた南雲と小日向先輩はそこで足止めを食らう——と

思いきや。

ガシャアアアアアアアアン！

「なっ!?」

桜の多重結界がいとも容易《たやす》く突破された!?

桜も楓と同様に集積怪異の影響で術式の精度が落ちてるんだろうけど、それにしたってこれは……と俺が驚愕《きょうがく》していたところ。

「な、なんだありゃ!?」

結界を破壊した小日向先輩の背後に、俺は信じられないものを見た。

小日向先輩の背中のあたりの空間がゆがみ、そこから複数の触手が生えていたのだ。

「あれって……ホテルラブンツェルのときに小日向先輩の背中から生えてたやつじゃあ!?」

宗谷《そうや》が目を見開いて叫ぶ。

「ああ、信じられねぇけど俺にもそう見える。ってことはまさか……」

俺は宗谷の言葉に頷《うなず》きつつ、嫌な予感とともに南雲へと目を向けた。

楓や桜、宗谷といった巨乳がそろっているというのに、結界を突破するほどの怪力を発揮した南雲へと。

「……おい、おいおいおい。なんだぁ？　せっかくあたしが古屋の中で気持ちよくなって胸を大きくしようとしてんのに、それを邪魔するやつがいるなぁ……？」

ぐりん、と首を曲げた南雲《なぐも》が宗谷《そうや》たちの胸部を睨《にら》みつける。

「巨乳が一匹……巨乳が二匹……巨乳が三匹……元から恵まれてるやつがあたしの邪魔をしやがって……古屋《ふるや》の尻《しり》を貫通するためにも、全員ぶっ殺してやらあああああああ！」

巨乳と対峙《たいじ》して脱力するどころか、敵意を剥《む》き出しにして南雲が叫んだ。

これは……乳裂《ちちさ》き女!?

「おいこれもしかして、南雲も小日向《こひなた》先輩も自前の怪異《かいい》が再発してないか!?」

「どうもそのようね……くっ、集積怪異にこんなリスクがあるなんて、見落としていたわ」

術式の使用にかなりの気力を使っているのだろうか。

桜《さくら》とともに苦しげな顔つきで結界を張り、南雲たちを牽制《けんせい》しながら楓《かえで》が言う。

「『疑似怪異化』とは言うけれど、集積怪異に寄生されるのも怪異化の一種であることに間違いないわ。退魔師《たいまし》でもない元霊級格6《スケールシックス》が寄生されたとなると……あまり除霊が遅れると元々の怪異を完全に再発してしまうでしょうし、魂への負担も少なくないと考えたほうがいい」

「んだと……!?」

楓の分析を聞いて、俺はどうしようもなく焦燥《しょうそう》を強めた。

あの強力な怪異が完全復活なんてしたら集積怪異をどうにかするどころの話じゃなくなるし、なにより二人の身体《からだ》に負担がかかるなんて聞かされては——。

「だったらすぐにでも助けてやらねーと！」

俺はほとんど反射的にブレスレットの封印を解いて駆けだしていた。

「ちょっ、待ちなさい古屋君！　あなたまさか集積怪異の性質を知らな――くっ♥!?」

「ちょっ、お兄ちゃん!?　なにして――うっ、アソコが疼《うず》いて……♥!?」

桜と楓がなにか叫ぶが、止まるわけにはいかない。

両手を人外化させ、俺の尻を狙《ねら》う二人へこちらから突っ込んでいく。

「晴久《はるひさ》君が来てくれたあああ♥　いっぱい犯してあげるからねぇ、ガバガバになるまで♥」

「一晩中犯し尽くしてやるからなぁ♥！」

空恐ろしいことを叫びながら、怪異を一部再発させた二人が襲いかかってくる。

片や人外の怪力、片や複数の触手を従える怪物である。

普通ならすぐ捕まって尻穴を貫通されて終わりだ。

（いまはミホトがまだ不幸能力の消化に集中してるから、顕現させて力を借りることも難しい。けど――）

俺にはいま、新しい力がある。

ぐ、っと頭に意識を集中させて生えてくるのは小さな角。

それと同時に全身の五感が研《と》ぎ澄まされ、室内の様子が三百六十度、死角なしに把握できるようになる。

さらに、

「んあああああああああああああああああああああっ♥♥」

「古屋《ふるや》君!?」

南雲《なぐも》と小日向《こひなた》先輩の動きを完全に見切った俺は、その隙に自分の快楽媚孔《かいらくびこう》を突いた。

自分が射精の快感で動けなくなる数秒は楓《かえで》たちの結界と、俺の突貫にあわせて式神を放ってくれた宗谷《そうや》が防いでくれると〝感知〟しての荒技だ。

そして訪れるのは——澄み切った脳内。

《サキュバスの角》が持つ感度上昇の力と、判断力が大きく向上する快楽点ブーストの重ね技。

「おおおおおおおおおおおおおおおっ!」

すべてをクリアに把握できるようになった俺は、欠片《かけら》の躊躇《ちゆうちよ》もなく南雲と小日向先輩の懐《ふところ》へと飛び込んでいた。

「「っ!?」」

二人が面食らったように肉棒を揺らす。

南雲は両腕を振るい、小日向先輩は触手を縦横無尽《じゆうおうむじん》に振り回すが——俺を倒すのではなく捕まえて犯そうとするその動きは直線的で読みやすいことこの上ない。

二人の動きを完全に見切った俺はそのまま紙一重で拘束《こうそく》を回避。

「うらあああああああああっ!」

鎖骨と腰。

二人の快楽媚孔へ連続してこの指先を叩《たた》き込む！

直後、

「ひ……♥♥!?」

二人の身体《からだ》が大きく跳ねた。

下腹部に生まれた快感を我慢するかのようにぎゅっと身体を縮こまらせるが、そんな抵抗が長くもつはずがなく、

「はへぇえええええええええええええええええええっ♥♥♥!?!?!?」

ビュウウウ！　ビュビュビュ！　ブビュウウウウウウ!!

「うわっ!?　なんだ!?」

二人が盛大に身体を痙攣《けいれん》させてイキ果てると同時、その股間《こかん》から生えていた肉棒からドロドロした白いなにかが噴出する。

その熱い液体が顔にかかって俺は慌てて拭《ぬぐ》うのだが……うん、まあ、霊的物質《エクトプラズム》かなんかだろ、多分。

深く考えないことにして、俺は床に崩れ落ちそうになる南雲と小日向先輩を受け止める。

ヒクヒクと小刻みに震《ふる》える二人は「はひ……♥」「ほへぇ……あひ……♥」とだらしなく舌をたらし、快楽で顔をぐちゃぐちゃに崩壊させていた。

よし、これで二人の怪異《かいい》は――と俺がほっと一息ついたとき。

「古屋《ふるや》君！　いますぐその二人から離れなさい！」

楓《かえで》の鋭い声が響いた。次の瞬間、

「え……なっ!?」

感度上昇能力によっていち早く異変を察知した俺は、二人をそっと床に降ろしてから即座に後退した。

「古屋……古屋ぁ……♥」

「気持ちいい……もっと……もっと気持ちよくなりたいよ……♥」

途端、二人がゆらりと立ち上がる。

その股間《こかん》からはまだ肉棒が生えていて、消えるどころかむしろ先ほどよりも少し大きさを増していた。

さらに小日向《こひなた》先輩の背後の空間から生える触手は一本たりとも減っておらず、南雲《なぐも》が巨乳を怖がる様子もない。

「なんだ……!?　絶頂除霊《ぜっちょうじょれい》が効いてない!?」

かつてない事態に俺は目を見開く。

暴走時の槐《えんじゅ》じゃあるまいし。

自分から絶頂して絶頂除霊を回避したような気配もなかったぞ!?

「ダメよお兄ちゃん！　集積怪異《かいい》に寄生された人をいくら除霊しても無駄なの！」

「集積怪異の本体はエネルギーを溜《た》め込む核そのもの。遠隔怪異の一種でもあるから、宿主を除霊しても疑似怪異化を何度も繰り返すだけよ」

遠隔怪異……つまりいまの南雲たちは退魔学園《たいまがくえん》に侵入してきたロリコンスレイヤーみたいなもんか。本体が別にあるからいくら除霊してもキリがない。

「くそマジか……！」

座学で学んだ知識が中途半端すぎた……！

「えへへ、晴久君《はるひさ》、晴久くぅん……♥」

「一発抜いてくれたってことは、いいんだよな？　その先もヤっちまっていいんだよな♥？」

そして二人は完全復活。

射精の快感を味わったせいか、先ほどよりもずっとギラギラした瞳でこちらに突っ込んできた。

「ぐっ、どうすりゃいいんだこれ⁉」

ミホトの機動力で一気に祠《ほこら》を目指すなんてことができないいま、こんなの引き連れて強化雑霊の満ちる海岸に出ていけるわけねぇし……！

と、俺が逼迫《ひっぱく》した声を漏らしたときだ。

「ここは一度引くわよ！」

背後から楓の声が響く。

「体勢を立て直して対策を練るわ！　全員合図とともに階段へ！」

気絶した烏丸《からすま》を獣尾で回収しながら、楓《かえで》がそう叫んだ数秒後。

「はっ！」

「えい！」

桜《さくら》が力を振り絞って結界を強化。

それと同時に宗谷《そうや》は霊級格《スケール》1《ワン》の式神を操って南雲《なぐも》と小日向《こひなた》先輩を撹乱《かくらん》し、楓はいつの間にか台所から持ってきていた小麦粉などの粉モノや香辛料、家具などを獣尾で一気に投げつける。

「いまよ！」

「二人の体調が心配だけど……ここは楓の言うとおりにするしかねえか……！」

そして楓の合図に合わせ、俺たちはどうにかダイニングルームを脱出するのだった。

くそっ！

宗谷との信頼回復作戦を実行するはずが、とんでもねえことになっちまった！

3

「古屋《ふるや》あああああ！　尻《しり》交尾から逃げるんじゃねえええ！」

「晴久《はるひさ》くううん！　私のアソコをこんなにギンギンにした責任を取ってよおお！」

ペンション内を逃げ回る俺たちの背後から恐ろしい声がビリビリと響く。

その肉欲にまみれた絶叫は俺の尻に直接突き刺さるかのような重圧に満ちていた。

なんかもう恐怖で泣きそうになりながら、俺はひたすらペンション内をひた走る。

だが、

「くそっ！　二人の動きを読んで逃げてるのに、全然距離が開かねえ！」

股間《こかん》から肉棒を生やした宗谷たちを先導しながら俺は叫んでいた。

《サキュバスの角》の感度上昇能力による聴力強化で南雲と小日向先輩の動向をある程度把握できるようになった俺はそれを利用して進路を決めているのだが、二人をまったく引き離せない。

最初は二人の身体能力が人外化しているせいだと思っていたのだが、多分これは――、

「おいこれ、俺たちの居場所が感知されてないか!?」

恐らくだが、これは小日向先輩の能力。

ホテルラプンツェルでは異空間を作り出してそこを支配していた先輩だ。

ペンション全体か、あるいはこのあたり一帯に知覚を広げ、完全ではないにしろ俺たちの居場所を感知していてもおかしくない。方角とかな。

これじゃあいつ追いつかれてもおかしくないし、作戦を練る暇もない。

その上さらに厄介《やっかい》なことに、

「うっ♥　くうっ♥」

俺のすぐ後ろで艶《なま》めかしい声がした。

宗谷《そうや》、楓《かえで》、桜《さくら》──特に桜が「ふー♥　ふー♥」と息を荒らげ、この上なく走りづらそうにしていたのだ。

その原因は一つ。

股間《こかん》から生えた敏感なバナナだ。

一歩進むごとにスカートの下で大きく揺れるソレが邪魔なのだろう。

三人は大きく息を乱し、そしてなぜか必死に俺から顔を逸《そ》らすように頭を下げていた。

「くっ、先端がこすれて……なにかこみ上げてくる……っ！　古屋《ふるや》君を見ていると、特に、アソコが切なく……っ」

「早く走らないとなのに、足を上げると太ももがこすれて……お兄ちゃんが欲しくなる……っ♥」

「ううううっ、なんか、古屋君が前を走ってるのを見るたびに、少しずつ大きくなってるような……っ」

こんな調子じゃあ逃げ切れるものも逃げ切れない。

かといって俺があの二人を引きつけるように離脱したところで、その後の連携や作戦構築に支障が出るのは目に見えているし……と困窮していたときだった。

その異音がペンション全体を揺らしたのは。

──ドゴオオオン！

それは、知覚強化するまでもなくはっきりと耳に届く轟音《ごうおん》。

「ま、さか……っ!?」

こちらにまっすぐ突き進んでくる気配に俺は絶句。

そして次の瞬間、俺はUターンしながら叫んでいた。

「危ねえ――っ！」

「「「っ!?」」」

言いながら三人を突き飛ばす。刹那《せつな》。

ドゴオオオオッ！

壁が爆発し、ついさっきまで俺たちのいた場所に瓦礫《がれき》の散弾がぶち撒《ま》けられた。

「いたぁ♥」

「いっっっっぱい射精《だ》してあげるからねぇ」

壁をぶち抜いて現れたのは南雲《なぐも》と小日向《こひなた》先輩。

信じがたいことにこの二人は俺の気配を目指し、文字通り最短距離でこちらに向かってきたのだ。

「ぐっ、そのショートカットは反則だろ!?」

と、俺が急いで起き上がろうとしたとき。

むにゅっ。

なにか柔らかいものに手をついた。

そう頭が認識した瞬間、下から変な声がした。

「ほひっ♥!?」

え、と思って下を見ると、俺が握っていたのは桜《さくら》から生えたアレの先端で。

「ちょ、お兄ちゃ――どこ触って……ダメ、それはダメっ♥!?　いまそこさわさわしたりゃあああああああああっ♥!?!?!?」

ぶぴゅううううううううううっ！　どぴゅどぴゅどぴゅ！

「うわあああああああっ!?　桜あああああああああっ!?」

びくびくびくっ！

俺の手の中で桜の先端が激しく痙攣《けいれん》し、白くて熱いネバネバした液体がぶちまけられた。その液体はスカートを軽く貫通して俺の手にもべったりと付着。俺は思わず悲鳴を上げる。

「ちょっと古屋《ふるや》君!?　なにしてるのこんなときに!?」

「最っ低だわ。……くっ、古屋君に触られてあんなに気持ちよさそうに……!♥」

「俺のせいかよ!?」

宗谷《そうや》に怒鳴られた上に楓《かえで》からもの凄《すご》い目つきで睨《にら》まれて思わず言い返すが、いまはそんなことをしている場合じゃなかった。

「はひっ……♥　おほっ……♥　おっ……♥　こんな……みんなが見てる前で……っ♥」

ぶぴゅっ、ぶびっ、と微妙に白い液体の放出を続けながら身体《からだ》を痙攣させ床に倒れる桜。どう考えてもしばらく自分で立てる状態じゃない。

楓が獣尾で運ぼうとするが、すでに烏丸《からすま》を抱《かか》えている弱体化状態の楓ではそれも難しそうだった。

「くっ、仕方ねぇ……何回もすまん二人とも！」

俺はそう言って、再び二人に突っ込んだ。

「っ!?　おひいいいいいいいいいいいいいいっ♥♥!?」

快楽媚孔《かいらくびこう》を見極め、俺の尻《しり》を狙《ねら》う二人を絶頂させる。

瞬間、

「くっ、劣化──四肢壊死捕縛《ししえしほばく》！」

楓が捕縛術を発動させ、二人の動きを一時的に封じた。

その隙に桜を立たせ、俺たちは再び南雲《なぐも》たちに背を向ける。

「おいっ、今回は切り抜けられたけど、もう次はないっぽいぞ!?　あの二人、なんかさっきより動きが速くなってた！」

二人に寄生した集積怪異《かいい》が「乳裂《ちち》き女《さ》」と「ホテルラプンツェル」の再発を促しているのか。

なんとか俺一人で快楽媚孔を突けたものの、正直ギリギリだった。

快楽媚孔が次も突きやすい位置にあるとは限らないし、もう同じ手は通じないと考えたほうがいい。

今回は桜が倒れるだけで済んだが、もし楓と宗谷まで早漏だったらなにかの拍子に二、三人が同時ダウンすることも考えられるし……そうなったら終わりだ。

「このままじゃジリ貧だぞ！　いったん引いて対処法を練るって話だったけど、どうすんだ!?」

必死に走りながら俺は叫ぶ。

けど、作戦といってもなにがあるのか。

一か八かで祠《ほこら》に突っ込むとか、策は色々あるだろうと最初は思ってたけど……あの二人を止めないことにはどんな作戦も潰《つぶ》される可能性が高い。

かといって祠を破壊しないことには集積怪異《かいい》は除霊できないし……。

完全なジレンマだ。

俺の尻《しり》を囮《おとり》にして楓《かえで》たちに祠を破壊してもらうという手も考えてはみたが……集積怪異の影響は核に近づくほどに増すという。楓たちの理性がどこまでもつかという賭《かけ》になってしまうし、それが失敗すればもう立て直しがきかないだろう。

しかしいつまでも悩んでいられないし、南雲《なぐも》たちのことを考えれば俺の尻がガバガバになるリスクを背負うくらい……と覚悟を固めていたときだった。

「……ひとつだけ、核を破壊せずに彼女たちを正気に戻す方法があるにはあるわ」

「え!?」

なんだって？

楓が漏らした言葉に俺は目を見開く。

「簡単な話よ。通常の怪異と違って、集積怪異はあくまで宿主の中にある強烈な欲求に寄生しているにすぎない。つまりその欲求が弱まれば、集積怪異の影響はかなり小さくなるの」

息を切らしながら楓が続ける。

「そしてそのためには、宿主の夢の中に入る必要があるわ」

「夢？」

「ええ。正気を失って暴れ回る宿主を相手に欲求を晴らすなんて不可能だから、夢の中で擬似的に欲求を解消するの。深層意識を繋《つな》げて昏倒《こんとう》させる術式を使ってね。夢の中なら相手の欲求もダイレクトに現れるから、いちいち探る必要もないのよ」

「なるほど……」

そんな手があったのか。

いやけど、ちょっと待てよ。

「楓お前、そんな手があるならなんですぐ言わなかったんだ？」

口ぶりからして、それはいま考えたというより現場の知恵として知っていたようだ。

それをすぐ言わなかったということは……と俺が嫌な予感とともに尋ねると、

「いまの私たちでは夢を繋ぐ術式を組めるかわからないの」

案の定、楓は表情を曇らせながらそう言った。

「ホテルラプンツェル事件の際、交信術式を使ったでしょう？　深層意識を繋げる夢想術はその完全上位の術で、霊力の消費と制御が難しいの。しかも今回の相手は二人。この忌々《いまいま》しいモノに霊力を吸われている現状では、私と小娘、宗谷《そうや》美咲《みさき》の三人がかりでも夢想術の発動は正直厳しいのよ……それに、欲求を解消するということは夢の中であの二人とあなたがナニをすることになるか……」

なにかブツブツと付け足しながら楓《かえで》がさらに顔を赤くする。

その眼下では白い巨根がぶるんぶるんと揺れていた。

「くっ、そういうことか」

集積怪異《かいい》に寄生されたいまの楓たちでは成功率に乏しいという話にホゾを噛《か》む。

くっ、せっかく二人を安全に無力化できる方法があるってのに……どうにか夢想術の成功率を高める方法がないものか——そう必死に考えを巡らせていた、そのときだった。

——フルヤさん！

突如、ミホトの声が頭の中に響いた。

——その作戦、私なら協力できるかと思います！

「あ？　ちょっ、急になんなんだお前。協力できるってどういうことだ？」

槐《えんじゅ》を救い出したあの日。

神託を受ける巫女《みこ》のように異常なまでの神聖性を見せて以来、ほとんどこちらに干渉してこなくなっていたミホトがいつもの調子で話しはじめて俺は面食らう。

だが次の瞬間ミホトが口にした言葉に、俺は目を見開いていた。

――お忘れですか？　私がいままでフルヤさんの夢に散々ちょっかいをかけてきたことを。

「！」

――まだ不幸能力の消化に少し手間取っていて全力は出しづらいですが、角の掌握がほぼ完了したいま、クズノハさんたちのサポートがあれば夢に干渉することは十分可能です！

「本当か!?」

いやだが、なんなんだ急に。

別にいまさらミホトを警戒する気もないが……ついさっき俺が尻《しり》に指を突っ込まれた際はだんまりだったくせに、なぜいきなり協力する姿勢を見せたのか。

――いやだって、ああいうエッチなイベントを私が邪魔するわけないじゃないですか。ご飯のチャンスです。

おい。

――けどいまは状況が変わりました。このままだとフルヤさん、穴という穴を死ぬまで犯され続けますよ？　宿主が死ぬのは困ります。なので協力します。というかしないとマズイ状況です！

……………………マジで？

――マジです！

ミホトの言葉に俺は戦慄《せんりつ》する。

死ぬまで犯されるって、これ多分比喩《ひゆ》じゃないな……。

ミホトの声、ガチで焦《あせ》ってるし。あのエロイベント大歓迎のミホトが。

「古屋《ふるや》君？　どうしたの？」

と、ミホトの言葉にガチ震《ふる》えしていた俺の様子に気づいた宗谷《そうや》が心配そうに声をかけてきた。

「あ、ああ聞いてくれ。ミホトが言うんだ、夢に干渉することは可能だって」

俺は恐怖を必死に抑え込みつつ、ミホトの言葉をみんなに伝える。

「……なるほど。ならいまはそれに賭《か》けるしかないわね」

槐《えんじゅ》の事件を通してミホトへの信頼も少しは生まれていたのだろう。

話を聞いた楓《かえで》は数秒の逡巡《しゅんじゅん》ののち、はっきりと頷《うなず》いた。

「正直、古屋君をあの二人の夢に送り込むのは本当に癪《しゃく》だけれど……このままじゃ私まで古屋君をどうしてしまうか
……それじゃあ、全員で力を合わせて集積怪異《かいい》を祓《はら》うわよ」

そうして楓の指揮の下、俺たちは作戦に取りかかる。

4

「っ！　ヤべっ！」

「「いたぁ♥！」」

廊下にいた俺を発見した南雲《なぐも》と小日向《こひなた》先輩が、肉欲にまみれた目を俺に向ける。

尻《しり》にぞわぞわした怖気《おぞけ》を催《もよお》した俺が即座に背を向けて逃げ出すと、当然のごとく二人は追いかけてきた。

「誘ってる！　古屋が尻を振ってあたしを誘ってる♥！」

「またそうやって！　またそうやって晴久《はるひさ》君は誘い受けが上手なんだからぁ♥！」

「うおおおおおおおおおおおおおおおおおっ‼」

最早凶器にしか見えない大きさになったビッグマグナムを揺らして、二人は互いを押しのけるようにして迫ってくる。

捕まったら最後。

穴という穴を死ぬまで犯されるという恐怖に突き動かされ、俺は全力で廊下を駆けた。

だが人外の身体能力を持つ南雲と触手で移動を補助する小日向先輩から一人で逃げ切れるはずもなく、その魔の手と肉棒が俺の背に触れようとした寸前。

「いまだあああああああああ！」

三階の広間に足を踏み入れた俺は全力で叫んだ。直後、

「我流結界系捕縛《ほばく》術一式——光縄乱緊縛《こうじょうらんきんばく》！」

「っ！　うぐぅ⁉」

「わはははははっ！　捕まえたぞ睦美《むつみ》嬢！　久々にその引き締まった身体《からだ》で啼《な》いてもらおう！」

部屋に控えていた変態。気絶から目覚めた烏丸《からすま》が拘束《こうそく》術を発動させた。

「はっ、あうっ、うぐううううううううっ♥♥！」

どびゅうううううっ！　びゅくびゅくびゅく！　ぶびゅるるるるうっ！

途端、身体《からだ》を締め上げられた南雲《なぐも》が――特に執拗《しつよう》に光の縄を巻き付けられた肉棒が痙攣《けいれん》し、大量の白濁液を凄《すさ》まじい勢いでまき散らす。

「あ、あああうっ♥　ダメっ、それは古屋《ふるや》の中に出すぶんっ、うあああああああっ♥！」

「うひっ、うひひひっ、はぁ、はぁ、これはいけない、ついつい新しい扉を開いてしまいそうだ……男の身体などくそ食らえだが、美人に生えたクソ雑魚《ざこ》チンポなら縛ってもいい！　むしろ重点的に縛りたい！　好きな娘のちんちんならしゃぶれる理論とでも名付けようか……っ」

と、南雲のイチモツをより強く縛りながら烏丸がアホなことを口走る一方、

「最悪最悪最悪最悪最悪……っ！　お兄ちゃんの手で、お兄ちゃんの手でぇ……っ♥　うっ、まだ余韻《よいん》が……っ♥」

射精ダウンから立ち直ってからというものずっと俺のほうを見ようとしない桜《さくら》が、相変わらずなにかぶつぶつ呟《つぶや》きながら結界を発動させた。

ただしそれは防御用の広い壁ではなく、足下《あしもと》に出現する小さなでっぱりだ。

「っ!?」

瞬間、俺しか見えていなかった小日向《こひなた》先輩が凄まじい勢いでつまずく。

咄嗟《とっさ》に触手で体勢を立て直そうとするが、

「はっ！」

と、威力の低い護符《ごふ》と式神の連携で触手の動きを阻害したのは楓《かえで》と宗谷《そうや》。

小日向先輩は触手で身体を支えることもできず体勢を崩し——そしてそのまま拘束された南雲に倒れ込んだ。

絡まり合って動きの止まった二人へ、仕上げとばかりに突っ込むのは俺だ。

「おおおおおおおおおおおおおおおっ！」

宗谷たちが必死に作り出してくれたチャンスに俺は文字通り頭から突っ込んで——、

「頼むミホト！　楓！」

——はい！

「夢想術！」

密着しあう南雲と小日向先輩の頭へ、俺がほぼ同時に頭突きを食らわせたその瞬間。

——ブツン！　バシッ！

電気が消えるように意識が途絶え——続けて発生するのはなにかが繋《つな》がるような感覚。

その瞬間、俺はこのぶっつけ本番の作戦第一段階がどうにか成功したことを悟った。

「……ここが夢の世界ってやつなのか？」

目を開けると、そこは見るからに体育館といった広い空間だった。

しかし自分で「夢の世界」と言っておきながら、実感はほとんどない。

それほどまでに情景がリアルだったし、俺自身、わりと意識がはっきりしているせいだろう。

とはいえ身体《からだ》ごと引きずり込まれたホテルラプンツェルに比べると感覚が少しふわふわしていて、夢と言われれば夢っぽくはあった。

「さて、この中で南雲《なぐも》と小日向《こひなた》先輩の欲求を解消するって話だけど……」

俺はそう言いながら、ここに来ていまさらながらものすごく嫌な予感がしていた。

怒濤《どとう》の展開で考える暇がなかったけど……あの二人の強烈な欲求っていえば……。

（いやでも、この場合は集積怪異《かいい》を呼び起こすほどの、宗谷と楓、桜にも共通する欲求だからな。南雲と小日向先輩だけならまだしも、あの三人も含めた欲求なら、エロ関連はないだろ）

とはいえ肉バナナで男を犯そうとする怪異に繋《つな》がる欲求である。烏丸《からすま》の推理ほどじゃないにしろ、なにかヤバい欲求ではありそうだ。なんらかの腹いせに俺をボコらせろとか……。

まあ考えても仕方ない。どんな欲求だろうと解消しないといけないのは変わらないしな、と割り切りつつ周囲を見回すのだが、

「えーと、で、肝心の南雲たちはどこにいるんだ？」

『それはですね、私が案内いたしましょう』

「っ!?」

南雲たちを捜そうとしていたところに声をかけられて俺は肩を跳ね上げる。

振り返ると、そこにいたのはふわふわと浮かぶ銀髪褐色のムチムチシスターだった。

「ミホト!?　お前なんでここにいるんだ!?」

夢想術式を補助するため事前に宗谷《そうや》の手で封印を解いてもらっていたミホトだったが、こいつが顕現するには俺の指先から射精感とともに出てくる必要があるはず。

いつの間に顕現しやがったんだと驚いていると、

『ここは精神世界ですから。現実と比べれば色々と自由なんですよ』

ミホトはそう言ってにっこり笑った。

「そ、そういうもんなのか？　ああでも、そういや現実じゃないんだしな、ここ」

たまに見せられてたエロい夢の中でもこいつは普通に出てきてた気がするし。

ミホトの言葉にいちおう納得し、俺はひとまず話を進めることにした。

「で、案内してくれるってことは南雲たちがどこにいるのかわかるのか？」

『もちろんです！　では早速お二人の欲求を晴らして集積怪異から救うとしましょう』

なんだか似合わないことを言うミホトに先導されてやってきたのは、体育用具室前。

『ここにお二人がいます！』

「……？　なんでこんなとこに？　夢想術の効力からして、欲求不満が晴らしやすいシチュエーションになるはずなんだが……」

まさか昼間のビーチバレーに感化されて、もっとスポーツを楽しみたいって欲求を募らせて
た、なんて話でもあるまいし。
そう思いながら扉を開けたところ、
「はぁ……はぁ……♥ あ、古屋《ふるや》、古屋ぁ、もう我慢できねぇよ……♥」
「あ、晴久《はるひさ》君……♥ 私もう……身体《からだ》が疼《うず》いて……自分でしても……全然ダメ、なんだ……♥」
まず俺の意識を塗りつぶしたのは、用具室の中に満ちる発情した女の子の匂《にお》い。
そしてフリーズする俺の目に飛び込んできたのは、布団《ふとん》のように敷かれたマットの上に寝転
がる二人の女の子だった。
なぜか女子バレーのウェアに身を包んだ南雲《なぐも》と小日向《こひなた》先輩だ。
そして二人は両方とも——完全にでき上がっていた。
胸元を強調するように後ろ手で縛られた南雲は上半身のユニフォームをはだけさせてビンビ
ンになった乳首をこちらに向けていて。ムチムチの太ももをすりあわせるたびに熱い息を漏ら
す。
抜群のスタイルでユニフォームをぱっつんぱっつんにした小日向先輩は四つん這《ば》いみたいな
姿勢でこちらにその大きなお尻《しり》を向けていて。しつけのできていない犬みたいにかくかくと腰
を振りながら、その内ももに幾筋ものしずくを滴《したた》らせていた。
二人とも熱っぽい瞳で俺を見上げながら、その股間《こかん》は湯気が立ち上るほどにぐちょぐちょで

……。

と高をくくっていた光景に驚愕《きようがく》して、思わず回れ右しようとしたそのとき。

少なからず予想はしていた――けど宗谷《そうや》や桜《さくら》、楓《かえで》と共通する欲求である以上はあり得ない

――ガラガラガラピシャ！　ガチャン！

「ちょっ、まっ、なんだこれ⁉」

扉が閉まり、鍵がかけられる音。

『ダメですよフルヤさん』

そして俺が逃げられないよう後ろからがっしり拘束《こうそく》してきたのはミホトだった。

『早くお二人の欲求を解消して集積怪異《かいい》から救ってあげないと』

「いやそうだけど！　そうだけどちょっと待て！　二人の欲求ってこれ、そういうことだよな⁉」

俺はミホトの胸が背中に押しつけられていることにも狼狽《ろうばい》しながら必死に叫ぶ。

「いくらなんでもダメだろこれは！」

『大丈夫です！　これは全部夢ですから！』

俺の言葉をミホトが一刀両断《いっとうりょうだん》。

だがそんなことを言われても納得できるはずがない。

「いやいくら夢っていってもこれ、なんかもう冗談じゃ済まない空気っていうか……あっ、

そ、そうだ！　要は夢の中でちゃんと欲求を解消すりゃいいんだから、こういうときこそ絶《ぜっ》頂除霊《ちょうじょれい》を――」

『ダメですよ。今回ばかりは絶頂除霊ではどうにもなりません。お二人の欲求はあくまでフルヤさんの手で直接めちゃくちゃにしてもらうことですから。気持ちのこもった愛撫《あいぶ》じゃないとダメなんです。大体、絶頂除霊で欲求が解消されるなら現実で食らわせた時点で止まっているはずですし』

「くっ⁉」

ミホトが理路整然《りろせいぜん》と反論してくる。

さらにミホトは俺の耳元に口を寄せ、

『いいですかフルヤさん。繰り返しますが、これは夢です。肉体ごと取り込まれたホテルラプンツェルとは完全に別物。完全な夢。フィクション、イメージ映像、ただの妄想なんです。ただちょっと夢想術の効力で現実と区別がつかないレベルになってるだけで。まあ夢とはいえしっかり性エネルギーは出るので、私としては美味《おい》しい美味しいなんですけど』

いまこいつなんかボソッと言わなかったか⁉

『心配せずともこれは夢ですから。目が覚めれば綺麗《きれい》さっぱり記憶はなくなります。特に今回は人間関係がおかしくなってフルヤさんが刺し殺されないよう、私が念入りに記憶を消しますし！　肉体にも変化はありませんから当然どちらも清い身体《からだ》のまま。倫理的にもなんらマズイことはありません。だってこれは夢ですから。その上で記憶も残らないのならなにも起こらなかったのと同じですから。それなのに集積怪異《かいい》からは問題なく救えるなんて、むしろ絶頂除霊を食らわせるより健全でさえありますよね？』

「ぐっ、うぅ？」

そ、そうなのか？　そうなのかな……。

たたみかけるように囁《ささや》かれて意識が少しずつふわふわしていく。それこそまるで夢のように。

だがそれ以前に。

ここで二人の欲求を解消しなければ集積怪異の悪影響が二人を蝕《むしば》み、強化された雑霊が街を襲う。事態を収拾するには躊躇《ためら》っている暇などなく、ミホトの言うようにこれが完全な夢だというのなら……。

「……ああくそ仕方ねえ！　わかったよ！　やりゃいいんだろ畜生！」

『ふふ、墜《お》ちましたね……そうこなくては！　ちなみにフルヤさんが下手《へた》クソでも、ナグモさんたちにバレないよう後ろからこっそり教えてあげますので。安心してくださいね！』

そうしてミホトは俺と半ば同化するようにうっすらと姿を消していき――やがて体育用具室には、女の子たちの心底幸せそうな啼《な》き声が満ちていくのだった。

●

一方その頃。

「よ、よかったぁ、ぶっつけ本番で成功して……」

ペンション三階の大広間。

南雲睦美《なぐもむつみ》と小日向静香《こひなたしずか》、そして古屋晴久《ふるやはるひさ》が横たわるその場所で、宗谷美咲《そうやみさき》はほっと胸を撫《な》で下ろしていた。

なにせ強力な疑似怪異《かいい》と化していた南雲と小日向を即席の作戦で同時に気絶させることができたのだ。それも烏丸《からすま》以外の全員が弱体化した状態での成功となれば、緊張が解けそうになるのも無理はない。

「けど、まだ油断しちゃダメなんだよね」

夢想術式の発動中、夢を共有している者たちの身体《からだ》は非常に無防備な状態に置かれる。そのため晴久が南雲たちの欲求を解消して夢の中から戻ってくるまでの間、雑霊の侵入などに備えてその身体を保護する必要があったのだ。

完全に無防備な状態で雑霊に襲われれば命に関わるし、夢の中での行動にも影響が出る。ゆえに万が一にでも晴久たちの身に危険が及ばないよう、美咲は執拗《しつよう》に周囲へ視線を巡らせていたのだが――周囲への警戒を口実に、美咲は自分が頑《かたく》なに晴久のほうを視《み》ないようにしているることに気づいていた。というのも、

（古屋君……いま、睦美ちゃんたちの欲求不満を晴らしてるんだよね……）

それって一体……どんな欲求なの？

そう考えると、胸がきゅっと締め付けられるようだった。そのモヤモヤは晴久が楓《かえで》とキスをしたと知ったときと同質のソレで、気を抜くとまたろくでもない考えに溺《おぼ》れてしまいそうになる。夢の内容さえわかってしまう淫魔眼《いんまがん》で、晴久たちを視ようとしてしまう。

が、美咲はそんな自分にはっと気づき、モヤモヤを追い出すようにぷるぷると頭を振る。

（だ、ダメダメ。ただでさえモヤモヤしてるせいで霊力が弱まって足を引っ張っちゃってるのに、こんなこと考えてたらちゃんと警戒もできないよ。それに……）

美咲は自分の股間《こかん》へと視線を落とした。

スカートを内側から持ち上げ、ひくひくと震《ふる》えるその巨大な肉バナナへと。

（なんかコレ、モヤモヤするたびに、大きくなってる気がするし……！）

それはまるで美咲の欲求不満と、無自覚な思慕からくる嫉妬《しっと》を糧《かて》にするかのように。

（いまでも恥ずかしすぎて死にそうなのに、目を覚ました古屋君に「大きくなってないか？」なんて言われたらホントに死んじゃう……っ）

なんだか嫌な予感もするし……と、できるだけモヤモヤしないよう周囲の警戒にだけ集中

しようと視線を巡らせていた――そのときだった。

美咲《みさき》がその視界に、違和感を捉えたのは。

「「……」」

「さ、桜《さくら》ちゃん？　葛乃葉《くずのは》さん……？」

それは、美咲とともに周囲の警戒にあたっているはずの桜と楓《かえで》だった。

だが二人の視線は窓の外や結界の状態ではなく、ただ一点に注がれていて。

その視線の先には、深い眠りについて完全な無防備状態である晴久《はるひさ》の身体《からだ》が横たわっていた。

加えて二人はただ晴久を見つめているだけではなく、

「はぁ……はぁ……お兄ちゃんがあんな無防備に横たわって……っ。さ、誘ってる……？」

「大丈夫、大丈夫よ……私はまだ大丈夫……ふー、ふー♥」

「ふ、二人とも⁉」

その口から漏れる不穏な発言に美咲は驚愕《きょうがく》。

慌てて二人と晴久の間に立ち塞《ふさ》がるのだが、真正面から彼女たちを見た美咲は「ひぇっ」と声をあげそうになった。

桜と楓。二人が晴久へと向ける目に、異様な熱が宿りはじめていたのだ。

それは晴久が気絶したことにより、張り詰めていた理性が緩《ゆる》みはじめたせいか。

それとも美咲と同様、夢の中で欲求不満解消にあたる晴久へ嫉妬《しっと》を膨《ふく》らませてしまったせいか。

「はぁ……はぁ……お兄ちゃんの寝顔、ゾクゾクする……あっ、半ズボンの隙間から下着が見えてる……ふー♥　ふー♥　いまなら、隙間からコレを挿《い》れてもバレないわよね……？」

「私はまだ大丈夫……けど、けど少しくらい触っても……」

「ちょっ、ちょっと二人とも!?　ダメだよ！　それ以上近づいちゃダメ！　古屋《ふるや》君の半径五メートル以内に接近禁止だよ!?」

爛々《らんらん》と輝く瞳、どんどん荒くなる息、加速する不穏な発言。

それは最早晴久を視姦《しかん》しているといっても過言ではなく、その異様な雰囲気は烏丸《からすま》をして「ちょ、ちょっとまずいのではないのか？」と心配させるレベル。

特に一度射精させられたせいか、桜の目つきと発言がひときわヤバい。

だが桜と楓はそれでもまだ理性を保っているようで、立ち塞がる美咲を押しのけて晴久に近づくようなことはしなかった。

「だ、大丈夫かな？」

美咲はほっと胸をなで下ろす。

ここで楓たちまで疑似怪異《かいい》化して晴久を貪《むさぼ》りだしたら、夢の中での欲求不満解消どころではない。夢想術式も解除され、晴久はそのまま肉便器一直線だっただろう。

と、美咲が最悪の展開は回避できそうだと息を吐いていたときだった。

「……ん♥」

はじまりは、小日向《こひなた》の口から漏れたほんの小さな吐息。

「晴久《はるひさ》……君……♥」

それは次第にはっきりとした言葉を紡《つむ》ぐようになり、美咲《みさき》は彼女たちがもう目覚めたのかと思わず振り返る。だが、

「なんだ、寝言か……」

三人はまだ目覚めてなどおらず、眠ったまま。

しかし小日向の口から漏れる寝言はどんどん大きく、そして激しくなっていき——最早それは寝言だと無視できるものではなくなっていた。

「はへえええぇっ♥♥！　晴久君♥　晴久君♥　晴久君♥　そこっ♥　そんなに激しく♥　あっ♥　あっ♥　あっ♥　おっ♥!?　おおっ♥!?　もっと♥　もっとほじってぇぇぇぇ♥！」

びくびくびくっ！

ひっくり返ったカエルのような姿勢で激しく腰を上下させる小日向の口から咆哮《ほうこう》のように漏れる幸せそうな甘い嬌声《きょうせい》。

かと思えば隣で眠る南雲《なぐも》ももじもじと身体《からだ》を震《ふる》わせ、

「うくっ♥　古屋《ふるや》お前、なんでそんな縁のとこばっか……しかもそんなくすぐるみたいな強さで……♥　は、早く先端を触ってくれよ♥　もうずっとアソコも先端も切なく——いひい

いいいいいいいいっ♥!?　ちょっ♥　おまっ♥　急にそんな激しく……ああああああっ♥!?」

ガクガクガク！

引き締まった身体を激しく跳ねさせ、南雲が啼《な》く。

ペンションの大広間には、夢の中だけでは収まりきらなかった雌の啼き声がこれでもかと響きまくっていた。

だがその幸せそうな嬌声を放つ本人は気持ちいいだろうが、聞かされるほうはたまったものではない。

「うわああああああああああああああああああっ!?」

美咲は耳を塞《ふさ》いで絶叫する。だが無駄だ。

快楽の悲鳴とでも言うべき激しい嬌声は美咲の頭蓋《ずがい》を直接揺らし、問答無用で夢の中の情景を美咲に連想させる。

そして脳裏に浮かぶ情事は美咲の下腹部にムラムラと火をつけ、さらには胸の内のモヤモヤまで増大させていく。するとどうなるかといえば、

「いやああああああああああああああああああああああああっ!?」

ムクムクムクッ！　ビキビキビキッ！

そんな音が聞こえてきそうなほどに肥大化し、そそり立つ白い巨根。

羞恥《しゅうち》で憤死《ふんし》しそうになる美咲だったが、しかし事態はそれだけに留まらない。

「古屋《ふるや》君……っ、夢の中で一体ナニを……なら私だって、少しくらい、古屋君の頬《ほお》や唇にこすりつけたって……っ♥」

「はぁ、はぁ、はぁ、はぁ……♥　お兄ちゃんお兄ちゃんお兄ちゃんっ♥」

嬌声《きょうせい》に当てられた楓《かえで》と桜《さくら》の目つきが、もう抑えようもないほどの熱を帯びはじめる。

特に桜は鬱勃起《うつぼっき》でもしているかのようにひときわ大きく白い巨根を膨《ふく》らませていた。

カクカクと小刻みに腰を振りはじめてさえいる始末で、スカートとこすれた先端からはぶびっ、ぶびゅっ、となにかが先走っている。

事態は確実に悪化の一途を辿《たど》っていた。

「うあああああああっ！　夢の中で一体なにやってるの古屋君！　早く起きて早く戻ってきて！　じゃないと色々もう限界だよ！　古屋君のお尻《しり》がガバガバになってももう自業自得《じごうじとく》だよ!?」

と、部屋に満ちる嬌声を少しでもかき消そうと美咲《みさき》が叫んだそのときだ。

「「おへえええええええええええええええええええっ♥!?!?!?」」

「っ!?」

どびゅううううううううっ！　どくどくどくっ、びゅーっ！　びゅびゅーっ！

南雲《なぐも》と小日向《こひなた》の口からひときわ大きな嬌声が響くと同時。

二人の股間《こかん》から生えていた白い巨根から、白濁色の粘液が噴出した。

びちゃっ、と天井にさえ届くその勢いはまるで間欠泉。

永遠に放出が続くかのようなその力強さに美咲は「いやあああああっ!?」と逃げ惑っていたのだが――。

「あっ!?　ち、小さくなってる!?」

美咲は驚いたように声を上げた。

その視線の先では、南雲と静香《しずか》の股間から生えた白い巨根がみるみるうちに縮んでいたのだ。まるで溜《た》まっていた膿《うみ》を吐き出すかのように。

それに伴い粘液放出もびゅっ、びゅびゅっ、と断続的なものになり、最終的には先っぽからダラダラと漏れ出すだけになる。

それでも肉棒はまだ生えたままだったが、当初は六十センチを超えていたものが二十センチ近くまで小さくなっており、集積怪異《かいい》の症状が改善されつつあることは明らかだった。

「あ……はぁ……♥」

「はひっ……おほっ……♥」

激しい嬌声も消え失《う》せ、あとに残されたのはぐったりと横たわって小刻みに震《ふる》える南雲と小日向。その瞳はうっすらと開かれ、やがて現状を把握するかのように周囲を見回しはじめる。

そして、

「……うぅん」

「古屋《ふるや》君！」

色々と危ないところで夢から帰還を果たした晴久《はるひさ》に、美咲《みさき》が歓声を上げた。

5

「……うぅん」

「古屋君！」

意識が戻ったとき、最初に聞こえてきたのは宗谷《そうや》の声だった。

それが呼び水になったかのように、ぼんやりとしていた意識はすぐさま覚醒。

俺はなぜこの緊急時に眠っていたかを思い出す。

けど一方で、夢の内容はさっぱり思い出せなかった。

覚えていることといえばミホトが「今後の関係に影響が出ないよう、フルヤさんもナグモさんたちも、記憶はしっかり消しますから」と謎の念押しをしてくれたことくらい。

それゆえに俺はちゃんと夢の中で二人の欲求を解消できたかわからず、駆け寄ってきてくれた宗谷へ真っ先に夢想術の成否を尋ねていた。

「宗谷……南雲《なぐも》と小日向《こひなた》先輩は……!?」

すると宗谷は、なぜか俺の顔を全力で見ないようにしつつ、

「ええと、それなら……」

そう指さす先にいたのは、身体《からだ》を起こして呆然《ぼうぜん》とする南雲《なぐも》と小日向《こひなた》先輩。

どうやら俺より少し早く目が覚めたようで、わりと意識がはっきりしているようだった。

けれどその状態でも暴れだす気配はなく、小日向先輩に至っては背後の空間から生えた触手も消えている。股間《こかん》から生えたブツもかなり小さくなり、集積怪異《かいい》の影響はかなり弱まったようだった。

夢想術は無事成功したらしい。

けどまだ完全に集積怪異の影響がなくなったわけではないようなので、俺は心配しながら二人に駆け寄っていた。

「二人とも正気に戻ってよかった！　体調とか大丈夫か!?」

と、文字通り寝起きのように呆然とする二人に声をかけたのだが——、

「っ!?」

「え？」

俺の存在に気づいた途端、二人がびくっっっ！　と肩を跳ね上げた。

その顔は両者ともに真っ赤で、慌てたように俺から距離を置くと、

「……夢、だったけど……アレが晴久《はるひさ》君本人だったって……なんとなくわかる……けどまさか……あ、あんなに激しくしてくれるなんて……♥　全然……勝てなかった……っ♥」

「こいつ……っ、普段はそういうことに消極的なくせに……っ♥」

小日向先輩は満足したような、そしてさらになにかを期待するように潤《うる》んだ瞳を向けてきて。

南雲はなんだか悔しげなジト目で、自分で自分をかき抱《いだ》きながら俺を睨《にら》んできた。

さらにそんな二人のリアクションを見た宗谷《そうや》までもが、

「…………………古屋《ふるや》君、やっぱり夢の中で相当頑張ったんだねぇ」

ついさっきまで俺の帰還を喜んでくれていたのとは一転。

空恐ろしいほど低い声で、明後日《あさって》の方向を見ながら呟《つぶや》いた。笑顔で。怖い。

「え、ちょっ、どうなってんだよこれ！」

俺、夢の中でなにしたんだ!?

というか、南雲と小日向先輩、なんか記憶が残ってるっぽいけどどういうことだ!?

――いえいえ、ちゃんと記憶は消えますよ。まぁ今回は欲求不満解消のためということで、あのお二方は目が覚めても一、二時間は記憶が残るように調整しましたけど。

俺の抗議にミホトが脳内で答える。

けど最後になんかボソッと付け足したなこいつ……。

やっぱあんまり信用しちゃいかんかも……とは思いつつ、こいつのサポートのおかげで夢想術が成功したことは事実。

みんなが俺を見る目がおかしいけど、南雲と小日向先輩の暴走は無事に止められたのだ。

これでようやく諸悪の根源である祠《ほこら》を壊しにいけると安堵《あんど》していた、そのとき。

「ちょっとあんたら、なにお兄ちゃんをいじめてるわけ!?」

宗谷《そうや》たちから距離を置くようにぐいと俺を引き寄せたのは、ぷんぷんと声を張り上げる桜《さくら》だった。

「お兄ちゃんは頑張ってくれたんだから、ちょっとくらい労《いたわ》ってあげないとダメじゃない!」

「お、おい桜?」

言いつつ桜はぐいと俺の腕を抱きよせ、ぎゅーっと抱きついてくる。

そうやって擁護《ようご》してくれるのは非常にありがたいし嬉しかったのだが……。

幼少期を思い出させるその不自然な甘えっぷりへの違和感。

そしてさっきから微妙に当たっている白い巨根に「桜は気にしてないのか?」と困惑していたところ。

「あっ!?」

俺から顔を逸《そ》らしていた宗谷が、「色々あって忘れてた!」とばかりに逼迫《ひっぱく》した声を上げた。

「だ、ダメだよ古屋《ふるや》君! いまの桜ちゃんには近づいちゃ――」

キィン!

瞬間、俺と桜を取り囲むように強力な多重結界が展開した。

「えっ!?」

「大人しくしててねお兄ちゃん……♥」

そしてその結界を発動させた張本人──桜はそのまま両腕を締め上げるようにして俺の動きを封じると、足を絡ませるように密着してきて、

「すーはー♥　すーはー♥　あ、あああっ、お兄ちゃんの匂《にお》い……♥　お兄ちゃんの匂いたまんないよぉ……♥　腰……腰が勝手にぃ……っ♥」

「ぎゃあああああああっ⁉　さ、桜ああああああああっ⁉」

俺の首筋に唇と鼻先を押しつけながら深呼吸。

桜は恍惚《こうこつ》とした声を漏らしながらヘコヘコと腰を振り、白い巨根を俺に擦《こす》りつけてきた⁉

そこで俺はようやく気づく。

桜の股間《こかん》から生えた巨根が、先ほどまでの南雲《なぐも》たちと同じくらいに膨張していることに。

「わあああああっ⁉　やっぱり桜ちゃんも集積怪異《かいい》に頭やられちゃってた！」

式神で必死に結界を攻撃しながら宗谷が叫ぶ。

（なっ、マジで桜まで集積怪異で頭がおかしくなっちまったのか⁉）

ちゃんと寄生には抗《あらが》えている様子だったのにどうして！

俺が夢の中に入ってる間に一体なにがあったんだ⁉

「この小娘……っ、さっさと離れなさい！」

なんだかやたら殺気立った楓《かえで》の鋭い声が響いた。

巨根の大きさからしてまだ普通に理性を保てているらしい楓は獣尾と護符《ごふ》を駆使し、桜の展

開した結界を破壊せんと襲いかかる。だが——バチィ！

楓《かえで》の攻撃がいとも容易《たやす》くはじかれた⁉

「っ⁉」

「無駄無駄♥」

俺の首筋をくんかくんかしながら、楓を挑発するように桜《さくら》が言う。くすぐったい！

「土御門晴親と本気で戦った影響かなぁ。術式の弱体化や反射の練度がかなり上がってるのよね。普段のあんたならまだしも、いまのあんたの術式くらい楽勝で防げるわ」

恐らく、疑似怪異化《かいいか》に抵抗する必要がなくなったために、本来の実力に近い力を発揮できるようになったのだろう。

霊級格《スケールセブン》7事件を経て成長した自分の強さを誇示するように言うと、桜はさらに激しく俺の身体《からだ》に抱きつき……ずんずんずんずんっ！　ズボンを突き破る勢いでその白い巨根を押しつけてきた。

「えへへ……♥　邪魔者はもう手出しできないし、お兄ちゃんと私が愛し合うところをい〜っぱい見せつけてやろうね……♥　特にあの女狐《めぎつね》にはた〜っぷり♥」

「ぎゃああああああああああっ⁉」

と、俺が公開処女消失ショーの始まりに悲鳴を上げたとき。

「バカね、私の攻撃は最初から囮《おとり》よ」

楓《かえで》が不敵に笑った。次の瞬間、

「桜《さくら》嬢まで縛ってよいとは、罰則労働に来て本当によかったのだあああ！」

「なっ!?　あう!?」

俺たちの背後から烏丸《からすま》の奇声が響き、桜の身体《からだ》を光の縄が縛り上げた。

結界の存在も無視して出現する烏丸の捕縛《ほばく》術は強力無比。

これにはさすがに桜も抵抗の余地がないようで、俺の身体を放してしまう。

そして、

「た、助かった……っ、でもって悪い桜！　痛いだろうけど我慢してくれ！」

がつん！

俺は即座に桜へと向き直り、本日二回目の頭突きで夢の中へと踏み込んだ。

「最悪最悪最悪最悪最悪最悪……っ！」

俺より一足早く目が覚めたのだろう。

俺が夢から目覚めると、そこには両手で顔を覆《おお》って床を踏みならす桜《さくら》がいた。

「最悪……っ、あんな下品に匂《にお》い嗅《か》いだ上に犬みたいに腰まで振って……しかも夢の中であんな……っ、いやいっぱい甘えられて幸せだったけど！　お兄ちゃんがあんなにいっぱい優しくしてくれるなんてもう死んでもいいくらいだけど！　あんな情けない猫なで声で匂い嗅ぎまくって赤ちゃんプレイ一歩手前までいくとかなにこれ死にたい……！」

「お、おい桜？　大丈夫か？」

俺は様子のおかしい桜が心配になって真っ先に桜へ声をかける。だが、

「っ!?　違うから!!」

俺の存在に気づいた桜は猫のように跳躍。

一気に俺から距離を取ると、真っ赤な顔で喚《わめ》き散らした。

「全部集積怪異《かいい》のせいだから！　私はあんな変態じゃないから!!」

「わ、わかった！　わかったからその独鈷杵《とっこしょ》は下ろしてくれ！」

愛用の武器を構える桜を必死になだめる。

夢の中で俺がなにをしたのか非常に気になるが……余計なことを言ったらあの独鈷杵が眉《み》間《けん》に叩《たた》き込まれるのは確実だからな……。

「よく言うわ。なにが『変態なんかじゃない』よ」

と、急に楓が冷え冷えとした声で俺たちのやりとりに割って入る。

寝ている間に抜き取ったのだろうか。その手には桜のスマホが握られていて、

『なでなでしてぇ、えへへ、お兄ちゃんもっとなでなでしてぇ♥』

再生されるのは誰かの声。

なんかめちゃくちゃ甘ったるい猫撫《な》で声でわかりにくいけど、これ、桜の声か？

もしかして寝言でも録音していたのかと思っていると、音声はさらに進み、

『なでなでしてぇ……アソコもなでなでしてぇ♥』

「徐々に汚くなるファ●ビーかしら」

「ぎゃあああああああああああああああああああああああっ⁉　あんたなにしてんのよこのクソ女狐《めぎつね》いますぐ消せえええええええええええっ！」

桜《さくら》が録音をかき消すように絶叫して楓《かえで》に飛びかかる。

すると楓はあっさりとスマホを手放し、烏丸《からすま》のほうへと投擲《とうてき》。

「ちょっ、楓嬢⁉　ぎゃあああああああああああああっ⁉」

ドンガラガッシャアアアアアアアン！

スマホを取り返そうとした桜と烏丸が激突し、もみくちゃになる。

宗谷《そうや》が慌てて「葵《あおい》ちゃん⁉　桜ちゃん⁉」と駆け寄るが、なんかもうぐちゃぐちゃだ。

「お、おい楓。さっき桜に挑発されたからって、仕返しにしてはちょっとやりすぎじゃないのか？」

楓のことだからやられたら百倍返しの精神でやったんだろうが……集積怪異《かいい》の影響でおかしくなってた桜に本気で仕返しするなんてさすがに大人げない。

そう思ってたしなめるように言ったところ、

「だって仕方がないじゃないの」

楓はすまし顔で髪をかき上げると、静かな声でこう続けた。

「あの小娘が先に仕掛けてきたのだし、こうでもしないと……あなたを独占できないもの」

「――え？」

なにを――と思ったときにはすべてが手遅れだった。

「「「「わあああああああああああああああああっ!?」」」」

集積怪異の影響で一、二本しか出せなかったはずの獣尾が九本出現。

俺の両手を完全に絡め取ると同時、もみくちゃになっていた桜と烏丸が床に押さえつけられて無力化された。続けて宗谷、南雲《なぐも》、小日向《こひなた》先輩も獣尾に絡みつかれ、身動きが取れなくなる。

「みんなばかりズルいわ……今度は、私が古屋《ふるや》君を味わう番よ……♥」

「え!?　な、なんで!?」

驚愕《きょうがく》の声を上げるのは宗谷だ。

「桜ちゃんのことがあったから気をつけてたのに……どうしてその大きさで葛乃葉《くずのは》さんまでおかしくなってるの!?」

宗谷の視線につられて俺も楓の股間《こかん》に目をやる。

そこに生えた巨根は理性を失っていたときの南雲たちのソレに比べればずっと小さく、理性を失うほど疑似怪異化が進んでいるとは思えなかった。

一体なにがどうなってる。

そう困惑していた俺の目の前で、ゆらっ――楓の周囲が蜃気楼《しんきろう》のように揺れた。

途端、あらわになるのは爛々《らんらん》と輝く楓《かえで》の瞳、上気した頬《ほお》。

そしてスカートの上からでもわかるほどに肥大化した白い巨根だった。

「っ⁉　まさか葛乃葉《くずのは》さん、変身術で集積怪異《かいい》の悪化を隠してたの⁉」

宗谷《そうや》が悲鳴のように叫ぶが、いまさら気づいたところで後の祭り。

全員が完全に楓の尾で身動きを封じられ、俺も両手が封じられてはまともに抵抗できない。

そんな中で――がしっ。

「ふふ……それじゃあ古屋《ふるや》君」

楓が俺を跪《ひざまず》かせ、そのきめ細かい両手で俺の顔をがっしりとロックした。

目の前には楓のスカートを盛り上げる白い巨根がそそり立ち、その巨大さを物語るように俺の顔に影を落としていて……、

「しゃぶりなさい」

目に嗜虐《しぎやくてき》的な光を灯《とも》した楓が無慈悲に断言した。

ま、マジで言ってんのかこいつ……⁉

「ダメえええええええええっ⁉」

「ふざけんじゃないわよ女狐《めぎつね》！　どの口で私に変態とか言ってるわけ⁉」

絶句する俺に続き、宗谷と桜《さくら》が絶叫。

互いに術式を使って楓を止めようとするのだが、桜は烏丸《からすま》と絡まった状態で狐尾に絡め取

られてまともに術が使えず、打たれ弱い烏丸《からすま》も当然ダウン。宗谷《そうや》の式神は脆弱《ぜいじゃく》すぎて余った尾で簡単に迎撃されてしまう。

俺も必死に抵抗するのだが、楓《かえで》の狐尾はまったく振りほどけない。

そうこうしている間にも楓はがっちり閉じた俺の口に白い巨根をねじ込もうと、ぐいぐい押しつけてくる。それどころか、

「まったく。そうやって抵抗されると——余計に燃えてしまうわ……♥」

「むぐっ⁉」

楓こいつ、口を開けさせるために鼻をつまみやがった⁉

ドS極まる一手に俺は戦慄《せんりつ》しつつ、俺は食いしばった歯の隙間で息をするなどして必死に抵抗を続ける。けど……くそっ、結構息苦しいぞこれ⁉　いつまでもは続かねえ！

しかも俺のそんな抵抗は楓をさらに興奮させたようで、狐尾の拘束《こうそく》はさらに強まっていく。

ただでさえ桜《さくら》たちの動きが封じられて状況を打開する方法がないというのに、このままじゃホントに犯される⁉

（ぐっ、こうなりゃこっちから積極的に楓を射精させて、その隙を突くしか……！）

楓が桜と同様に早漏かつ快感に弱い雑魚《ざこ》チ●ポかどうかはわからないが……もうそれしか手がない。思い切って咥《くわ》えるか、それとも弱点っぽい裏筋にヘッドバットでも決めるかと俺が最悪の二択に迫られていた、そのときだった。

「わ……晴久《はるひさ》君が……晴久君が無理矢理……犯されちゃう……っ」

獣尾で身動きのとれなくなっている小日向《こひなた》先輩が必死になにか言い募る。

「それは……ダメ……っ」

そして強く念じるようにぎゅっと瞳を閉じた、次の瞬間。

ふっ——ガゴン！

「——っ⁉」

「な、なんだ⁉」

突如、楓の頭上に椅子《いす》が出現。落下して楓の頭に激突する。

異変はそれだけじゃない。

天井付近の空間から次々と机やらベッドやらが出現しては楓の獣尾へ落下。頭に攻撃を受けてふらついていた楓の拘束が緩《ゆる》み、俺はその隙に獣尾から抜け出すことができた。

「これ……もしかして小日向先輩⁉」

驚いたように宗谷が声を上げる、さらに桜が目を見開いて、

「無機物転移能力……⁉　なにこれ、まさか男性恐怖症を緩和するリハビリが進んだおかげで、残留怪異《かいい》の能力が変質したの⁉」

「なっ、能力が変質⁉」

桜の考察に俺は驚きつつ、あり得ない話ではないと反射的に納得していた。

小日向《こひなた》先輩は怪異化《かいい》していた際、異空間を作り上げて全国から万単位の人間を取り込んでいたのだ。それは圧倒的な空間支配の力。

もし桜《さくら》の言うように男性恐怖症のリハビリが上手《うま》くいったというなら、ムラッときた男の股《こ》間《かん》に激痛を与えるという能力の代わりに、なにかほかに空間系の能力が芽生えても不思議じゃない。

（疑問なのはいくらここしばらくサンオイルとかでリハビリを進めてたからって、そんな一気に男への恐怖が払拭《ふっしょく》されるわけないってことなんだが……）

恐怖を吹き飛ばすような気持ちいい出来事があったわけでもあるまいし……と俺は首を捻《ひね》るが、いまはそんなことに気を取られている場合じゃない。

小日向先輩の男性恐怖症が改善されつつあるというなら願ったりだし、なにより、小日向先輩が作り出してくれたこのチャンスは見逃せない。

「晴久《はるひさ》君……っ、今のうち、だよ……っ」

「ありがとうございます先輩！　おりゃあああっ！」

「っ!?」

俺は頭に椅子《いす》を食らってふらつく楓《かえで》へ気持ち弱めに、だが桜たちの夢想術が確実に発動する強さで、頭突きを叩《たた》き込んだ。

ああもうっ、何回やりゃいいんだこれ！

「……………………っ!!　最低だわ……っ！　どうしてこんなことに……っ」

俺が目を覚ますと、楓が耳まで真っ赤にして憤死《ふんし》しそうな声を発していた。

片手で顔を覆《おお》った楓は全身をぷるぷると震《ふる》わせ、二本だけ出た獣尾で必死に俺の視線から自分を隠そうとしているようだった。

先ほどの桜と似たような状況に俺は少し躊躇《ためら》ったものの、頭に二度も攻撃を食らった楓が心配で同じように声をかけてしまう。

「お、おい楓……なんつーかその、頭大丈夫か？」

「……っ!?」

瞬間、楓の獣尾がべちゃっ！　と地面に落ち、

「……それは……どういう意味かしら……？」

ひくひくと唇の端を痙攣《けいれん》させた楓が狐火《きつねび》をまといわせながら、心中でもしそうな声で詰め寄ってきた。

「え、いや、ちょっ、どういう意味もクソも怪我《けが》はないかって意味で……!?」

桜の独鈷杵《とっこしょ》どころの騒ぎじゃない。

マジで焼き殺されかねない迫力に俺が全力で弁明していたところ、

「いやいや……どう考えても頭おかしいわよ……」

俺の弁明を台無しにするかのごとく、全力で火に油を注ぐヤツがいた。桜《さくら》だ。

「お兄ちゃんにあんなぶっといの咥《くわ》えさせようとしておいて、なにこのキス顔……うわぁ、私生まれて初めて女狐《めぎつね》の弱みを握っちゃったわ……！」

と、桜が見下ろすスマホから聞こえてくるのは謎のちゅぱ音。さらに聞き覚えのある声で、

『古屋君《ふるや》♥　古屋君♥　古屋君♥　はぁ、はぁ♥　もっとしましょう……もっと、ずっと……唇を離さないで……♥』

バギャアアアアアアアアアッ！

瞬間、桜の手にあったスマホがかき消え、壁に激突して木っ端微塵《こっぱみじん》になった。

「ぎゃあああああああっ!?　ちょっ、なに私のスマホを粉々にしてんのよクソ女狐!?」

「黙りなさい……！　なにをふざけた動画を撮影して……殺されたいの……!?」

「あんたが先にやったんでしょうが！」

「集積怪異《かいい》に寄生されていた間のことをとやかく言わないでくれるかしら……!?　そうよ、あれは集積怪異のせいであってすべて不可抗力、不可抗力よ……！　……けどそのおかげで古屋君とあんなにはしたなく求め合って気持ちが満たされて……いやけど、やっぱりあり得ないわ……なんなのこの醜態は……!?」

言い争いを続ける傍《かたわ》ら、楓《かえで》がまた顔を覆《おお》ってぶつぶつと言い募る。

楓のそんな様子にマジで打ち所が悪かったんじゃないかと心配するが……二人の言い争いがかつてないほどにヒートアップしてて手が出せねぇ……。

と、俺がどうしていいかわからず困惑していたとき、

「ちょっ、やめようよ二人とも！　いまは小日向《こひなた》先輩が急に新しい能力に目覚めたことのケアとか、祠《ほこら》の破壊とか、やらなくちゃいけないことがたくさんなんだよ!?」

宗谷《そうや》が真剣な表情で二人の間に割って入った。

（桜と楓の喧嘩《けんか》を仲裁するとか……宗谷のヤツ勇気あるな……）

躊躇《ためら》いなく仲裁を始めた宗谷に俺は関心する。だが、次の瞬間。

「二人が**恥も外聞もなく古屋君に襲いかかって食い散らかそうとする性欲モンスター**になってたのは確かだけど、それはお互い様なんだし、ひとまず忘れないと！」

「ちょっ、宗谷!?」

正論で説き伏せるように見せかけて意味わからんくらい的確にガソリンをぶちまけた宗谷に俺は思わず吹き出した。ちょっ、お前、なんかよくわからんが、言葉にやたら悪意がこもってないか!?　なに!?　怒ってんの!?　だとしたらなんで!?

すると集積怪異に乗っ取られていたときのことをよほど恥だと思っていたのか（当たり前だが）、桜と楓は「なっ!?」とゆでだこのように顔を赤くしながら宗谷を睨《にら》みつけ、

「美咲《みさき》あんた、自分だけまだ集積怪異に呑《の》み込まれてないからって……！　てゆーか」

「さっきから必死に隠しているようだけど、ちらちらと見えるその大きさ、あなたもすでに集積怪異に呑まれているんじゃないの……？　見せてみなさい……！」

「えっ!?　ちょっ、やっ、わたしは大丈夫わたしは大丈夫！　淫獣体質な二人とは違って全然大丈夫だから見せなくても――いやあああああああ!?」

と、余計なことを口走りまくる宗谷《そうや》の両手両足をブチ切れた二人が拘束《こうそく》。

いままで宗谷が必死に隠していた股間《こかん》のイチモツを晒《さら》し者にするかの如く引っ立たせた。

そうして衆目のもとに晒されたのは、内側からこれでもかと押し上げられる宗谷のスカート。

「うっ、確かにこれは……」

そこから想像される白い巨根の大きさは南雲《なぐも》たちが暴走を始めた際の大きさと同じかそれ以上で、確かに楓《かえで》たちが言うようにいつ暴走してもおかしくないように見えた。

だけどなんか……違和感があるな。

「いやあああああああああああっ！　古屋《ふるや》君見ないでえええええええ!!　やめてええええっ！　離してえええええっ！　離さないといまここでみんなの秘密を全部喋《しゃべ》ってやるううううううう！」

「猿ぐつわを！　どうせすぐに疑似怪異《かいい》化するのだから、いつでも夢想術を使えるよう縛っておいたほうがいいわ！」

「ちょ、ちょっと待てってお前ら！」

喚《わめ》き散らす宗谷の声など完全無視、問答無用で拘束を強めようとする楓たちに俺は堪《たま》らずストップをかけた。なぜなら、

「なんつーか宗谷のヤツ、本当に大丈夫っぽくないか？」

それは、ずっと爛々《らんらん》とした視線に晒されてきたがゆえに身についた審美眼だろうか。

なんだか宗谷が俺を見る目はほかの面子《メンツ》に比べて比較的普通であるように感じられたのだ。

そりゃ確かに頬《ほお》は上気しているし息は荒いし、ちょっと俺を見る目は怪しかったが……理性を失うような感じじゃない。

確かにあれだけ白い巨根を膨《ふく》らませていたら疑うのも当然だが……それでもなお捨て置けない違和感に俺は声を上げていた。

「なにを馬鹿なことを……いやけど、確かにこの大きさで普通に会話が成立しているのは妙ね」

楓が俺の言葉を聞いてようやく冷静さを取り戻したように顎《あご》に手を当てる。

「ええ、でもこれだけアレを膨らませておいて理性なんて保てるわけが……」

続けて困惑の声を漏らした桜《さくら》が半信半疑な様子で宗谷に霊視をかけた。

夢想術の効果で集積怪異の症状が軽減した桜は霊力や集中力をあまり削《そ》がれず術を発動できたようで、しばらく宗谷に手を当て続ける。

そして十数秒後、桜は驚いたように目を見開いた。

「あ、あれ!?　ホントに疑似怪異化が進んでない!?　ってことは美咲《みさき》のコレ、単に欲求不満に反応して膨らんでるだけ……？」

「ほらあ！　だから言ったでしょ!?　いいから離して！　離してよ！」

宗谷《そうや》が喚《わめ》き散らし、楓《かえで》と桜《さくら》が顔を見合わせてから拘束《こうそく》を解除する。

「どういうことかしら……私たちでさえ疑似怪異《かいい》の侵食に耐えきれなかったのに、弱体化しているはずの宗谷美咲《みさき》が一切影響を受けていないなんて……」

恨みがましくこちらを睨《にら》みながら肉棒を隠す宗谷を見て楓が首をひねった。

(確かになんでこいつだけ……快楽媚孔《かいらくびこう》がないことといい、宗谷ってなんかこういう性的な霊現象にやたら耐性があるような……)

不思議なことこの上ないが、影響がないならそれに越したことはない。

「ま、まあ宗谷に夢想術をかける必要がなくなったならそのぶん時間の節約になる。海岸の結界もいつ破られるかわかんねえし、すぐ海岸に出よう!」

「そ、そうだね! そうだよね!」

俺の言葉に、羞恥《しゅうち》を誤魔化《ごまか》すような勢いで宗谷が頷《うなず》く。

楓たちもそれに続き——集積怪異による疑似怪異化を辛《から》くも乗り越えた俺たちは今度こそ急いで海岸へと向かった。

6

一人にしておくのは逆に危ないということで、新しい能力が目覚めたばかりで霊力の安定しない小日向《こひなた》先輩も引き連れ、全員で海岸に出る。

そしてそのまま一直線に祠《ほこら》を目指そうとしたのだが、そうは問屋が卸さなかった。

――オオオオオオオオオオオオオオオオオオオッ！

「凄《すご》い数！　下手《へた》したら沖合の雑霊が全部一気になだれ込んできてるわよ!?」

「それに一体一体が強化されていて面倒ね」

桜と楓が言うように、海岸はとんでもない数の雑霊で満たされていたのだ。

俺たちがペンション内でもたもたしているうちに、かなりの数がここまで侵入してきてしまったらしい。

それでも雑霊の霊級格が2か3止まりだったこともあり、苦戦らしい苦戦もなく海岸を進むことができていたのだが――それは途中までだった。

「く……うぐっ♥!?」

楓が全員を貧乳に変身させていたおかげで、それまで問題なく妖刀を振り回し雑霊を蹴《け》散らしていた南雲《なぐも》が急に膝《ひざ》をつく。

しかも異変が起きたのは南雲一人ではなく、

「あうっ……♥!?」

「く……っ♥！」

「はう……っ♥」

桜、楓、小日向先輩も次々と身体《からだ》を震《ふる》わせてしゃがみ込み、それ以上先に進めなくなる。

その股間《こかん》では白い巨根がドクンドクンと脈打ち――再び彼女たちの理性を奪わんと巨大化を始めていた。

それを見て俺は目を見開く。

「おいそれまさか、核に近づいたせいで疑似怪異《かいい》化が再発しかけてんのか!?」

「くっ、どうやらそのようね……っ♥　夢想術で一度ケアすればかなり予防できるはずなのだけれど、私たちの霊力で強化された集積怪異のほうが上手《うわて》だったらしいわ……っ」

顔を赤くした楓《かえで》が歯がみしながら呟《つぶや》く。

集積怪異は元々核に近づけば近づくほどその影響が増すものらしいが、どうやら今回の集積怪異は本当に色々と特別らしい。

「くそマジか。となるとこの先は……俺と宗谷《そうや》だけで行くしかないってことか」

「……っ」

俺が振り返ると、顔を赤くした宗谷が少しばかり不安げにしながらもこくりと頷《うなず》いた。

その股間から生えた肉バナナは集積怪異の核に近づいたせいで先ほどよりもさらに膨《ふく》れ上がり宗谷の羞恥《しゅうち》を煽《あお》ってはいたが……本人の瞳に宿る理性は一ミリも揺らいでいない。

宗谷はこの中でただ一人、集積怪異に寄生されてなお完全に正気を保ち続けていた。

つまりいまここで、祠《ほこら》破壊に動けるまともな戦力は宗谷と俺だけなのだ（烏丸《からすま》は雑霊との乱戦でできることなんてないしな）。

「悔しいけど私たちは核にこれ以上近づけない……っ。美咲《みさき》、私たちはここで海岸結界の保守に専念するから、お兄ちゃんのサポート頼んだわよ！　弱体化してるいまのあんたでも、強化された雑霊を相手にできる程度の式神と初級術は使えてるんだから！」

「う、うん！」

「よし、じゃあ急ぐぞ！　いまの俺と宗谷でも雑霊の群れはなんとか突破できそうだけど、さすがに二人だけだと時間がかかりそうだ！」

楓たちが結界の保守に動いてくれるとはいえ、彼女たちはいま集積怪異の影響で全力が出せない状態だ。これだけの数の凶暴化雑霊が相手となると、広範囲の結界すべてを完全にカバーすることは難しい。

これは時間との闘い。

そう認識した俺と宗谷は桜《さくら》たちから懐中電灯を受け取り、一も二もなく悪霊《あくりょう》の群れに突っ込んでいった。

●

「古屋《ふるや》君！　いまだよ！」

「おおおおおおおおおおっ！」

『『『イギイイイイイイイイイイイイイイイイイイイイイイイッ♥!?』


深夜の海岸に、雑霊たちの嬌声《きょうせい》が木霊《こだま》する。

晴久《はるひさ》と美咲《みさき》の連携は、ここ数日のギクシャクした雰囲気が嘘《うそ》のようにスムーズだった。

以前、紅富士の園で対峙《たいじ》した鹿島霊子《かしまれいこ》との戦いが良い経験になったのだろう。

美咲が全力を振り絞って操る霊級格《スケールツー》2程度の式神二体が壁役をこなし、晴久が手の届く範囲にあった雑霊の快楽媚孔《かいらくびこう》を突いていく。そうして雑霊が減ったタイミングで式神が前進し、危ない場面では美咲が攻撃術や結界を使って戦線を維持していた。

美咲が弱体化しているため楽な道ではなかったが、それでも確実に祠《ほこら》へ近づいていく。

いくら新しい能力を獲得したとはいえ、晴久一人ではこうはいかなかっただろう。絶頂除霊《ぜっちょうじょれい》は元々、絶頂の羞恥《しゅうち》に怯《ひる》むことなく空中から向かってくる相手を苦手としているのだ。

五感強化と快楽点ブーストで雑霊を回避しようにも、数が多すぎてはそれも厳しい。いくら敵の動きを読もうが、回避ルートがなければ回避のしようがないからだ。

そうした絶頂除霊の弱点をよく知る美咲のサポートもあり、二人は雑霊の群れの中をどうにか突き進んでいく。

だが——順調なのはそこまでだった。

「ぐっ——なんだこの数!?　雑霊の密度がここにきてさらに増したぞ!?」

ペンションの真下近く。

もう少しで祠を見つけたあの洞窟《どうくつ》に辿《たど》り着けるといった段階になって、晴久は焦《あせ》りに顔を歪《ゆが》めていた。

ただでさえ多かった雑霊が洞窟に近づくにつれてどんどん数を増し、ついに視界を埋《う》め尽くすほどの凄《すさ》まじい群れになっていたのだ。

「これ……もしかして核の放つエネルギーが強すぎて、雑霊が引き寄せられてる!?」

美咲が式神を必死に操りながら悲鳴じみた声を上げた。

「くそったれ……！　どこまでイレギュラー尽くめなんだよこの集積怪異《かいい》は……！」

一体一体はそこまで強力ではないものの、雑霊たちの密度はあまりにも常識外れで二人はまともに進めなくなる。

晴久が活路を見いだそうと苦し紛《まぎ》れに自らの快楽媚孔を突き「んあああああああああああああああああああっ♥♥!?」と快楽点ブーストを発動させるが、やはり大した効果はない。

いくら判断力が向上しようと、身体能力がそのままでは隙間一つない雑霊の壁を突破することなど不可能だったのだ。

快楽点ブーストは結局不発に終わり、効果が切れる頃になっても二人はその場からほとんど前進できていなかった。それどころか、

「うおっ!?」

「古屋《ふるや》君!?」

凶暴化した雑霊の攻撃が晴久《はるひさ》に当たりはじめる。

「くっ、ざっけなんなこいつら!」

さらに晴久は弱体化して非力になった美咲《みさき》をかばうように立ち回っており、無数の雑霊を返り討ちにしながらもその身体《からだ》にはどんどん傷が増えていった。多勢に無勢だ。

そしてそんな光景を見て、ほとんどパニックのような状態に陥るのは美咲だった。

(ど、どうしよう……どうすれば……うぅ、こんなモヤモヤで足を引っ張ってちゃいけないのに!)

それはここ数日、ずっと美咲が懸念していたことだった。

パーツを狙《ねら》う魔族の暗躍が続く中、弱体化したままではそのうち晴久の足を引っ張る。

だからこの原因不明のモヤモヤは早くどうにかしないといけないと、ままならない気持ちをどうにか制御しなければともがいていたのだが——結局間に合わずにこのざまだ。

雑霊の攻撃でボロボロの式神と、泣けるほどに弱体化した退魔術。

どれだけ必死にそれらを操ろうと、晴久が傷ついていくのを止められない。

(桜《さくら》ちゃんたちにサポートを頼まれたのに! 古屋君が危ないのに! わたしたちが祠《ほこら》破壊に失敗したら街が大変なことになるのに! ……葛乃葉《くずのは》さんとのキスは合意のものじゃなかったってわかったのに、なんでまだこんなにモヤモヤが続くの……!?)

どうしても回復しない霊力に、この期に及んで全然わからない自分の気持ちに、美咲が心の中で叫んだ、そのときだった。

「っ!?　宗谷《そうや》！　水辺に寄りすぎた！」

「え？」

雑霊たちに圧倒される中で、いつの間にかジリジリと後退させられていたのだろう。

気づけば美咲は波のしぶきが足にかかるほど夜の海に近づいてしまっていて——。

「きゃあぁ!?」

突如、足首になにかが巻き付いた——頭がそう認識したとき、すでに美咲は凄《すさ》まじい力で海の中に引きずり込まれていた。

海中に潜《ひそ》んでいた雑霊が、美咲を真っ暗な夜の海へと誘ったのだ。

それは霊級格が低いとされる海の雑霊を相手取る際に最も注意しなければならない事故。

まともに身動きのとれない水中にいきなり引きずり込まれ、海水を飲んでしまった美咲の意識が急激に遠ざかっていく。

そんな中で、

「宗谷ああああああっ！」

バッシャアアアアアアアアン！

なんの躊躇《ちゆうちよ》もなく海中に飛び込む男の子の声が、薄れゆく美咲の耳にかすかに届いた。

7

海の雑霊とは絶対に水中戦を行ってはならない。

それは退魔学園《たいまがくえん》の中等部一年生で習う基本的な注意事項だった。

理由は単純。

水中でもある程度自由に身動きが取れる霊体とは違い、水中は退魔師《たいまし》にとって——というより人間にとって非常に不利なフィールドだからだ。

なので海で除霊作業に挑む際は可能な限り水際に近づくべきではないし、水中の雑霊を退治する際は専用の範囲結界や攻撃術を使って対処する必要がある。

仲間が水中に引き込まれた際も慌てて助けにいったりせず、まずは専用の対処術を使って水中の安全を確保すべし、というのが鉄則だった。

だが、

「ざけんなてめえらあああああああっ！」

そんな便利な退魔術など使えない晴久《はるひさ》は、なんの躊躇《ちゅうちょ》もなく夜の海に飛び込んでいた。

（——五感強化！）

先ほどからずっと使っていた《サキュバスの角》の出力を限界までアップ。

海水が染みるのも気にせず海中で目を見開き、真っ暗な海中に美咲《みさき》の姿を視認する。

快楽点ブーストも重ねがけし、晴久は海中を突き進んだ。

（邪魔だああああああああああああっ！）

『『『ギイイイイイイイイイイイイッ♥!?!?!?』』』

迫り来る雑霊は問答無用で一突き。

祠《ほこら》に引き寄せられている雑霊が多いせいか海中の雑霊はそこまで多くなく、晴久はなんとか美咲のもとへと辿《たど》り着くことができた。

その手足にまとわりつく雑霊も即座に昇天させ、海上へと引き返す。

だが雑霊の満ちる岩場にはまともに上陸できる場所がなく、晴久は五感で周囲の雑霊を感知して回避しながら移動。祠から離れるように少し引き返し、途中で見つけた小さな洞窟《どうくつ》に美咲を引き上げた。ここならほんの少しの間、雑霊の目を誤魔化《ごまか》せる。

「宗谷《そうや》！　おい宗谷！　しっかりしろ！」

そして晴久は美咲を横たえ呼びかけるのだが、その表情が一気に青ざめた。

「い、息が止まってる……!?」

その大きな胸がまったく上下していない。

口元に手をかざしても息がかからない。

さらに股間《こかん》から生えた白い巨根は宿主の生命力に呼応するかのように萎《しな》びはじめていて――

晴久にはもう選択肢などなかった。

「……すまん宗谷《そうや》！」

命の危険が伴う退魔師《たいまし》にとって救命措置は基本教養。

一瞬だけ躊躇《ためら》ったものの、しかし次の瞬間、晴久《はるひさ》は迷うことなく美咲《みさき》の気道を確保して——

●

「——げほっ、げほげほっ!?」

「宗谷!?　よかった、大丈夫か!?」

「けほっ……ふ、るやくん……？」

意識を取り戻した美咲が最初に聞いたのは、心底ほっとしたような晴久の声だった。

身体《からだ》を起こしながら海水を吐き出し、状況を確認するように周囲を見回す。

（あ……そうだ、わたし……雑霊に足を掴《つか》まれて……溺《おぼ》れて……）

ぼんやりした頭が次第に記憶を取り戻していく。

そうして意識がはっきりしていく中で、美咲はふと違和感に気づいた。

美咲が目を覚ましたのを見てあれだけ安堵《あんど》していた晴久が、なんだか気まずそうにこちらから顔を逸《そ》らすのだ。

それは美咲の意識がはっきりしていくに従って露骨になっていき、

「あー……その、最初に謝っとくけど、すまん。宗谷。なんつーか、緊急事態でほかに手がなくて……悪い、宗谷が水中に引きずり込まれないようもっと注意しとけばよかったんだが……」

しまいにはなにやら歯切れ悪く意味不明な謝罪を羅列してくる始末。

「……？」

らしくない晴久の様子を美咲は不思議に思う。そして「古屋《ふるや》君は一体どうしたんだろう」と何の気なしにその顔を見つめて――心臓が止まりそうになった。

なぜならその顔の横に表示された数値が――キスの回数が変化していたからだ。

キスの経験回数――二
「……っ!?」

途端、海中に引きずり込まれたせいで冷え切っていた身体の中で、唇だけがやたらと熱を放っていることに美咲はいまさら気づく。それはまるで、さっきまでその一点だけが誰かと体温を共有していたかのように。

その熱は一瞬で全身に広がり、意識が一気に覚醒する。それと同時に脳裏をよぎるのは溺れていたときのおぼろげな記憶だ。

真っ暗な海中に引きずり込まれて完全に意識が途絶える寸前。

自分の命すら顧《かえり》みない必死な表情で、がむしゃらに駆けつけてくれた晴久の表情。

それは桜《さくら》や静香《しずか》、夏樹《なつき》に槐《えんじゅ》――そしてつい数日前、頭の悪い勘違いで楓《かえで》を救おうとしていたときの顔とまったく同じもので——。

（あ……そっか、わたしいままで……）

その記憶を噛《か》みしめるようにぎゅっと胸を押さえながら、美咲《みさき》は気づく。

（あの顔で、正面から見つめられたことがなかったんだ……）

いつも必死に誰かを助けようとするその横顔を隣から窺《うかが》い見るばかりで。

そんな晴久《はるひさ》を好ましいと思いつつ、自分は心のどこかで——嫉妬《しっと》していたのだ。

古屋《ふるや》君はいままで、そんな顔を自分に向けてくれたことはないのにと。

「……っ」

自覚した途端、全身がカッと熱くなる。

そして美咲が黙り込むそばで「お、おい宗谷《そうや》!? なあ、本当に悪かったって、でもマジでほかにどうしようもなくて……」とオロオロする晴久にどうしようもなく胸がドキドキして、

「やっぱりわたし……古屋君のこと……」

と、熱を放つ唇に触れた美咲がその気持ちを口にしようとした、そのときだった。

ドクンッ！

「「っ!?」」

膨《ふく》れ上がった気持ちに呼応するように、股間《こかん》から生えた肉バナナが膨張を始める！

瞬間、美咲は耳先まで顔を赤くしてわたわたとスカートを押さえ、晴久にいたっては、

「ひっ⁉」

よもやこの状況で美咲が理性を失うのではないか、と言わんばかりのひきつった顔で飛び退《の》いた。

「ちょっ、『ひっ』ってなに古屋君⁉」

「い、いやだって、そんないきなりでかくなったらビビるだろ⁉　いくら宗谷が集積怪異《かいい》に謎の耐性があるっていっても、その膨張率はおかしいだろ⁉」

「お、おっきいおっきい言わないで！」

怒《いか》りと羞恥《しゅうち》がない交ぜになり、美咲は膨れ上がった自分の気持ちを吐露する機会を逸したまま喚《わめ》き散らす。

と、そのときだ。

――オオオオオオオオオオオオオオオオオオオッ！

言い争いを続ける二人の声に反応したかのように、洞窟《どうくつ》の外で雑霊たちが動きを見せた。

何十体もの雑霊が晴久たちの存在に気づき、洞窟の中に突っ込んでくる。

「ヤバ……宗谷立てるか⁉」

それを見た晴久が慌てて立ち上がり迎撃態勢を取ろうとする。

しかし、

「古屋君っ」

美咲《みさき》は晴久《はるひさ》ほど焦《あせ》ってはいなかった。

自分から言い出すのはやっぱり慣れないけど……という羞恥《しゅうち》で頬《ほお》を染めてはいたが、その気持ちさえも抑え込むように洞窟《どうくつ》の壁へと手をつき、

「指じゃ時間が足りないから……ここ、舐《な》めて……」

ぎゅっと目をつむりながら自らの生足を指さした。

「え？　で、でもお前、まだ霊力が……」

「いいから早く！」

「っ⁉　あ、ああっ」

羞恥を誤魔化《ごまか》すかのような美咲の剣幕に、晴久が戸惑いながら従う。

だが美咲には確信があった。

自分を助けるために必死になってくれたその真剣な表情。

人命救助とはいえ、晴久のほうからしてくれた口づけ。

思い出すだけで全身をドキドキと熱くさせるその二つが、ここ数日美咲を悩ませていたモヤモヤなど綺麗《きれい》さっぱり吹き飛ばしていて——。

「——はうっ♥♥⁉　ひうっ♥♥⁉」

剥《む》き出しの膝裏《ひざ》に晴久の唇が触れ、舌先で愛撫《あいぶ》されたその瞬間。

びくりと全身を震《ふる》わせた美咲の脳天を快楽が貫き——カッ！

「っ!?　宗谷《そうや》お前、霊力が……!?」

晴久が驚いたように声を上げた。

霊視の使えない晴久でもわかるほど、美咲の身体《からだ》に霊力が充満していたからだ。

さすがに十二師天《じゅうにしてん》を食い止めたときほどではないが、その霊力は現状を打破するには十分すぎるほどに膨大《ぼうだい》。

「〜〜♥　はぁ、はぁ……えいっ！」

快楽の余韻《よいん》に震えながら美咲が印を結ぶと、その懐《ふところ》から飛び出したのは四つの影。

『『『『やあああああああああああああああっ！』』』』

霊級格《スケールフォー》4相当の巨大な二頭身式神たちが可愛《かわい》らしい声をあげ、凄《すさ》まじいパワーで雑霊たちをなぎ倒していった。

「行こう、古屋《ふるや》君！」

「……っ！　ああっ！」

晴久はその唐突すぎる美咲の復活劇に唖然《あぜん》としていたが、すぐに表情を明るくし、美咲とともに洞窟を飛び出した。

そこから先は一方的な蹂躙《じゅうりん》だった。

雑霊たちは数こそ凄まじいが、その霊級格は強化されてようやく2か3。

対して美咲《みさき》の式神は霊級格《スケールフォー》4相当の力を誇り、雑霊たちをいとも容易《たやす》く吹き飛ばす。

鹿島霊子《かしまれいこ》が操っていた悪霊《あくりょう》軍団のように統率の取れた動きをするわけでもなければ、退魔術減退の術をまとったラブドールが交じっているわけでもない。

数だけは多い雑霊が式神たちの守りを抜けて美咲を狙《ねら》うも、

「やあっ！」

晴久《はるひさ》が助けるまでもなく美咲自身が結界や攻撃術で応戦。完全に一人でどうにかしてしまう。

「す、すげえな宗谷《そうや》……さっきまでの不調はなんだったんだ……？」

なんだかすごく機嫌がいいというか高揚しているようにも見えるし……人工呼吸の件はもう怒ってないのだろうかと晴久は困惑するも、いまはそんなことを気にしている場合ではない。

美咲の復活によって二人はあっという間に祠《ほこら》のある洞窟《どうくつ》に辿《たど》り着き――そして見つけたのだ。今回の騒ぎの元凶、古びた祠が怪しげな光を放っているのを。

「邪魔だよ！」

と、美咲が洞窟の入り口付近で密集していた雑霊たちを爆・破魔札の連射と式神の突破力で吹き飛ばす。そして一気に洞窟の奥へと二人が踏み込んだとき、

――コオオオオオオオオオオオオオオッ！

「「っ⁉」」

祠がひときわ強い光を放ち、そこから立ち上った白いエネルギーがかたちを成した。

『男……犯したい……身体《からだ》が火照《ほて》る……っ！』

それは洞窟の天井にまで頭が届くほどの巨大な水着美女。

「なんだこりゃ……まさかエネルギーが増幅されすぎて集積怪異《かいい》が自我に目覚めてやがるのか!?」

股間《こかん》から触手のように無数の男性器を生やした様子はさながら新手の妖怪《ようかい》で、その瞳がギラギラと晴久の下半身をロックオンする。

集積怪異の本体である祠を守るように――いや純粋に晴久の尻《しり》を狙い、触手が殺到した。

「もおおおおっ！　どこまで最低なの！　この集積怪異は！」

美咲が殺到する男根を赤面しながら潰《つぶ》そうとする。が、

「あれ!?」

美咲が困惑した声を漏らす。

式神の強力な一撃も、霊力をたっぷり込めた爆・破魔札も、触手をまったく止められなかったからだ。

「そ、そっか！　ごめん古屋《ふるや》君！　この集積怪異、わたしたちの霊力を吸って実体化してるから、耐性ができてるのかも！」

集積怪異による疑似怪異化は免《まぬか》れたとはいえ、美咲自身もまた集積怪異と霊力を共鳴させた者の一人。せっかく復活した霊力が役に立たず慌てるのだが、

「いや、ここまで連れてきてくれただけで十分だ！」

言って晴久《はるひさ》は式神の陰から飛び出した。

快楽点ブーストをかけるまでもない。

洞窟《どうくつ》内に反響する音、洞窟内を照らす集積怪異《かいい》の光、産毛を揺らす風の動き。

《サキュバスの角》で増幅された五感が晴久に一歩先の未来を知らせ、触手を避ける道筋を教えてくれる。そして、

「手こずらせやがって！　これで終わりだああああああああっ！」

散々尻《しり》を狙《ねら》われた恐怖を怒《いか》りに変換するかのように雄叫《おたけ》びを上げ、屹立《きつりつ》させた指を巨女の股《こ》間《かん》付近で光る快楽媚孔《かいらくびこう》に叩《たた》き込んだ。

次の瞬間、

『おっ⁉♥　おおっ⁉⁉♥　おおおおおおおおおおおおおっ⁉⁉♥』

自分の身体《からだ》をかき抱《いだ》き、ぶるぶるとなにかを堪《こら》えるように震《ふる》える巨女。

だがそんなものは自らを崩壊させる快感を倍増させる結果にしかならず、

『おほおおおおおおおおおおおおおおおおおおっ⁉⁉⁉♥♥♥』

心底気持ちよさそうな嬌声《きょうせい》を洞窟内に響かせ、盛大に絶頂。

それまで晴久の尻を狙っていた無数の男性器からは溜《た》め込んでいたエネルギーを放出するかのように白い液体が溢《あふ》れ、洞窟の外へと盛大に射出。

ビシッ！　と祠《ほこら》にヒビが入った瞬間、なんだかやたら満たされたような顔をした巨女は虚空《こくう》へ溶け込んでいくかのように消滅するのだった。

8

「わっ!?」

祠が破壊されると同時に、美咲《みさき》が股間を押さえて声を上げた。

それまで股間から生えていた雄々しい肉の棒が、みるみるうちに萎《しぼ》んでいったのだ。

白い巨根がすっかり消えると、次に劇的な変化が訪れたのは凶暴化して海岸に押し寄せていた雑霊たちだった。

霊視が使えない晴久でもわかるほどに霊級格が下がり、先ほどまで暴れまわっていたのが嘘《うそ》のように鎮静化。

さらに、ビーチのほうに残してきた楓《かえで》たちが美咲と同じように集積怪異の影響から解放され沖合の結界を補修、再構築でもしたのだろうか。海面に光が走ると同時に、雑霊たちは神聖な力に押し負けるかのように沖合へと戻っていった。

雑霊との連戦を覚悟していた晴久たちはその様子を見てほっと胸を撫《な》で下ろす。

「はぁ、これでようやく……」

「終わったよぉ」

洞窟《どうくつ》から出た二人は声を重ね、夏の星空の下で気が抜けたように座り込んだ。

今回の罰則労働はご褒美《ほうび》休暇も兼ねたハードルの低い除霊作業とのことだったが、蓋《ふた》を開けてみればずいぶんとたちの悪い〝罰則労働〟になってしまったものだ。

「それにしても」

と、一息ついた晴久《はるひさ》が明るい声を発した。

「なんで急に宗谷《そうや》の霊力が戻ったのかわかんねーけど、とにかく元に戻ってホントよかった。これでまた、パーツの呪《のろ》いを解くことに専念できるな」

心底喜ばしいとばかりに笑みを浮かべる晴久。

「……っ。あの、それなんだけど……」

だが美咲《みさき》はそんな晴久の表情と言葉を受けて、思い出したように再び赤面する。

そして波にかき消されてしまいそうな声で、

「わたし、もしかするともう……魔族に狙《ねら》われて危ないってこと以外に、急いでパーツの呪いを解く必要、あんまりないかも……」

「え……？」

人の性情報が丸見えになってしまう淫魔眼《いんまがん》。

こんな眼《め》がある限り、まともな恋なんてできない。

美咲が晴久を無理矢理チームに引き込んでまでパーツの呪いを解こうとしていたのは、そん

な理由が始まりだった。

だがいま、美咲《みさき》は当初抱《いだ》いていたその理由がもうなくなってしまったんじゃないかという自覚があって……様々な気恥ずかしさで晴久《はるひさ》を直視できないでいた、そんなときだった。

「おーい！　お兄ちゃーん！」

「古屋《ふるや》ー！　無事かーっ！」

ビーチのほうからかしましい声が響く。

沖合の結界補修を終えた楓《かえで》、桜《さくら》、南雲《なぐも》、小日向《こひなた》、烏丸《からすま》の五人が、祠《ほこら》破壊を完遂した晴久たちの安否を心配して、雑霊がいなくなると同時に駆けつけたのだ。

その股間《こかん》からはもう巨大な肉棒など生えておらず、晴久は気が抜けたような表情で「おー、なんとかな」と応じる。

それから晴久は「あ、そうだ」と声を弾ませ、

「聞いてくれよ。なんでかよくわかんねーけど、宗谷《そうや》の霊力が戻ったんだ！　色々相談に乗ってくれてありがとな」

「……？　そんな急に……？　でも、そう、解決したならなによりだわ」

「まったく世話が焼けるんだから！」

晴久の報告を受けた楓と桜がほっとしたように応じる。

それから晴久たちの間では「なんとか解決できてよかった」「もうこんな騒ぎこりごりだわ」

などと爽《さわ》やかなやりとりがかわされ、その場には一件落着という雰囲気が流れつつあったのだが——美咲だけは例外だった。

「……っ！　な、なにこれ……っ！」

先ほどまでのしおらしい雰囲気はどこへやら。

駆け寄ってきた楓たちの顔を——いままでドタバタしすぎてまともに視《み》る暇のなかった性情報を直視してしまった美咲の顔から表情という表情が抜け落ちる。

なにせそこに表示されていたのは、夢想術によって夢の中に入り込んだ晴久が行った「欲求不満解消」の詳しい内容。淫夢《いんむ》の詳細。ほかの女と激しくいちゃつく晴久の姿。

楓たちの記憶が薄れつつあるせいかその夢の映像は掠《かす》れはじめていたが、楓たちが晴久に抱く好意がさらに膨《ふく》れているのは夢とは別に表示される妄想の内容からも明らかで——。

さらに楓の顔の周囲に表示される「キスの経験回数一」という表示は前にも増して美咲の胸をぎゅっと締め付けてきて、不愉快なことこの上なかった。

人工呼吸だったとはいえ自分だって経験回数一になっているのに？　そんなこと関係ない!!

こっちは晴久が楓とのキスを繰り返し思い起こしているのだって視えてるんだ！

そう。

呪《のろ》われた美咲の視界は以前となんら変わっていないはずなのに、その視界に映る情報は気持ちを自覚する前よりもずっと彼女の気持ちをかき乱すものになってしまっていたのだ。

ゆえに、

「古屋《ふるや》君」

「え？」

美咲《みさき》は能面のようになっていたその顔に満面の笑みを浮かべると、楓《かえで》たちから引き剥《は》がすように晴久《はるひさ》の肩をぎゅううううっ！　と思い切り掴《つか》み、脅《おど》すような圧を放ちながらこう宣言した。

「すっかり霊力も戻ったことだし、一刻も早くパーツの呪《のろ》いが解けるよう、今日からまた頑張ろうね……！」

こんな視界が一生続くなんて、絶対にごめんだから。

「え!?　ちょ、宗谷《そうや》!?　お前さっきは急がなくていいとか、らしくないこと言ってたのに急にどうし……痛い痛い!?　え、ちょっ、なんで!?」

なんかまた宗谷との関係が悪化してないか!?　と困惑する晴久を尻目《しりめ》に、美咲は以前よりもずっとずっと強く、パーツの呪いを解きたいという気持ちを新たにするのだった。

エピローグ

集積怪異騒《かいい》ぎが解決してからも、俺たちはしばらく穂照《ほてり》ビーチに滞在を続けていた。

沖合に溜《た》まった雑霊の駆除がまだ完全には済んでいなかったし、めちゃくちゃにしてしまったペンションの片付けをする必要もあったからだ。

幸い、ペンションはもともと今シーズンを境に補修工事に入る予定だったらしく、営業停止による損害は皆無。追加の修繕費は強力な集積怪異を討伐したことによる特別報償から支払われることになった。

とはいえ室内がかなり荒れてしまったことは確かなので、残りの日程は自主的な掃除に追われてくたくた。

罰則労働の名にふさわしい疲労感とともに最終日を迎え、体力無限の南雲《なぐも》と桜《さくら》が『最終日なんだから花火でもしようか』などと言い出した、そんなときだった。


——不幸能力の解体が思いのほか早く終わりました。

——美味《おい》しい夢と、欲求不満エネルギーの詰まった集積怪異を絶頂させられたおかげです。

——《サキュバスの角》を吸収したことで思い出した記憶についていつでもお伝えできます。

ミホトが俺の頭の中で、そんな報告をしてきたのは。

●

罰則労働最終日の夜。

ミホトから思い出した記憶とやらを聞くべく、俺たちは全員そろってダイニングルームに集まっていた。いちおう一般人である南雲《なぐも》と小日向《こひなた》先輩は席を外してもらってもよかったのだが、微妙に俺と宗谷《そうや》の呪《のろ》いについて知っている二人は「仲間はずれは嫌」と同席を申し出てきたのだ。まあ、先日の霊級格7《スケールセブン》騒ぎに巻き込んでしまった手前、二人ももう完全な部外者ではないしな。

「それじゃあ、封印を解くよ？」

「おう、やってくれ」

すっかり霊力が回復して以前の調子を取り戻した宗谷が念じた瞬間、両手に生じる疼《うず》き。

その疼きは次第に大きくなり、十本の指すべてにまるで射精のような快感が迸《ほとばし》る。

（しまった……これみんなが集まる前にやっときゃよかった！）

後悔するがもう遅い。

俺が「う、ぐううううううっ！」と快感を我慢するような声をみんなの前で晒《さら》すなか、指先から噴出した白いモヤが人のかたちへと変わっていく。

やがて現れたのは俺の両手——絶頂除霊《テクノブレイカー》に潜《ひそ》んでいた謎の霊体。

銀髪に褐色の肌。妙な尻尾《しっぽ》。豊満な肉体をシスター服で包み、ふよふよと宙に浮いたミホトは人外の瞳で俺たちを見回し、久々の顕現に『んー』とのんきに伸びをしていた。

その様子からはやはり霊級格7事件のときに見せた異常な神聖性は完全に失われていて、あの夜の出来事はなにかの間違いだったのかと疑いそうになる。

だがミホトの様子はやはり以前とは少し違っていて、

『さて、ではどこからお話ししましょうか……とはいっても角を吸収したことで思い出せた記憶はそう多くもないのですが』

無闇《むやみ》やたらと絶頂をねだったりはせず、なんだかやたらと落ち着いていて協力的だった。

そんなミホトに少々面食らったものの、いまはそれよりも先に聞いておきたいことがある。

槐《えんじゅ》を救ったあの日からずっと気になっていたことを、俺は真っ先に尋ねていた。

「ならこっちから聞くけど……あのときお前が言ってたアレはどういう意味なんだ？　『この世から完全にパーツを消し去るために、パーツを集めなければならない』ってのは」

『そのままの意味です』

俺の質問に、ミホトが真《ま》っ直《す》ぐ答えた。

そして続く言葉は、俺と宗谷《そうや》、そして楓《かえで》を絶句させるほどのものだった。

というのも――、

『破壊しても世界のどこかにランダムで再生するとされているパーツですが、これは完全に消し去ることが可能なんです。人に憑《つ》いていても関係ありません。宿主に悪影響を与えることなく、二度と復活しないように消すことができるんです』

それはずっと俺たちが探し求めていた――いや、古今東西の退魔師《たいまし》たちが求めては辿《たど》り着けなかっただろう情報だったからだ。

「まさか……本当にパーツを完全に除霊する方法があるというの？」

ミホトの話にいち早く反応したのは楓だった。

とても簡単には信用できない様子ではあったが、あの夜にミホトが見せた異常な神聖性から頭ごなしに否定もできないという複雑そうな表情だ。

続けて俺と宗谷もミホトが口にした値千金の情報に「いくらなんでも都合よすぎじゃないか？」とは警戒しつつ思わず身を乗り出してしまうのだが……本当に都合のよいことというのはそうそう起こらないもので、ミホトは俺たちの期待するような眼《め》を見て申し訳なさそうに身をよじり、ぼそぼそとこう続けた。

『あー、ですがその、パーツを消滅させるためには条件がありまして。それはすべてのパーツを集めてある場所へと持っていくというものなのですが、その肝心の場所……《破壊の祭壇》

がどこにあるのか。そもそもどういうものなのか、まったく思い出せないんです……』

「なんだそりゃ……ってことはあれか？　パーツを集めれば消せるってのは思い出せたけど、その具体的な方法まではわからんと」

『そうなります』

俺が話をまとめると、ミホトは誤魔化《ごまか》したりすることなく素直に頷《うなず》く。

そしてその後、もっとなにか思い出していないか聞いてはみたが……ミホトが何者なのか、なぜこの両手に憑いているのか、なぜ暴走した槐《えんじゅ》と対峙《たいじ》したりパーツを吸収することで記憶が戻るのか、そもそもなぜパーツの除霊方法を知っているのか、そうした根本的な情報を得ることはできなかった。

とはいえパーツを奪い取る方法を知っていたミホトから「完全にパーツを消し去ることができる」という情報を得られたのはかなり大きい。

楓あたりはまだ半信半疑で、

「このミホトという霊体の言うことを鵜呑《うの》みにはできないけれど……もし本当だとすると解せないことがあるわね。魔族は一体どうしてパーツを集めようとしているのかしら……わざわざパーツを消し去ろうとしてくれているとは考えづらいし……おばあさまや協会に情報を持ち帰って検討してみないと……」

と、なんだか色々と考えているようだった。

確かに楓《かえで》の言うとおり、ミホトの口から語られる情報が絶対に正しいとは限らないし、魔族の狙《ねら》いなんかも余計にわからなくなるが……。

「まあ、やることがはっきりしただけありがたいか。とにかくいままでどおりパーツを探していけばいいってことだろ？」

パーツを集めればパーツを消せる（かもしれない）。

なぜかはわからないが、パーツを集めればミホトがもっと有力な情報を思い出してくれる。

そうでなくとも、こっちがパーツを確保しておけばなにを企《たくら》んでいるかわからない魔族の狙いを潰《つぶ》せるのだ。

やるべきことが「パーツを集める」の一本に集約されたことは素直にありがたい。

だけど――、

「しっかしまあ、パーツを集めるってのはかなりの難題だよな。そうそう都合よく残りのパーツが手に入るとは思えねーし」

俺は頭をかきながら嘆息する。

《サキュバス王の性遺物》は破壊されたあと、世界のどこかにランダムで再生するものとされている。さらにそのうちのいくつかは淫魔眼《いんまがん》のように厳重な封印とともにその存在を秘匿《ひとく》されていたりするのだ。

探すのは大変だし、もし見つけても海外の霊能勢力が保管してたりしたら手の出しようがない。交渉でどうこうなるもんじゃないだろうし、もちろん奪い取るわけにはいかないのだ。

だから俺はついつい「冷静に考えたら無理じゃねーかこれ……?」と弱音を漏らしてしまったのだが、その途端、

『だ、ダメです！　諦《あきら》めないでください！　私はなにがなんでも、パーツをこの世から消し去らないといけないんですから！』

理由は思い出せないですけど！　とミホトがやたらと真剣な顔をして叫ぶものだから俺は目を白黒させてしまった。

だが本当に驚いたのはここからで、
バンッ!!

「そうだよ!!」

「っ!?」

ミホトに同調するように——しかし言い出しっぺのミホトが目を丸くするほどの剣幕で机を叩《たた》いた宗谷《そうや》が、「もがーっ」と腕をぶんぶん振りながら声を張り上げたのだ。

「古屋《ふるや》君、なに弱気なこと言ってるの!?　絶対絶対、こんなろくでもない呪《のろ》いとはおさらばするんだから！　魔族とのパーツ争奪戦になろうと関係ない！　わたしは絶対に諦めないからね!?」

「そ、宗谷!?」

なんかパーツの封印されてる場所を知ったらそこがたとえ海外の禁足地だろうがおかまいなく突撃していきそうな宗谷《そうや》の勢いに俺は目を剥《む》く。

な、なんかこいつ、集積怪異《かいい》を解決した夜からちょっとおかしいんだよな。前にも増してパーツの呪《のろ》いを解くためのモチベーションが振り切れてるというか。出会った当初以上の暴走特急状態というか。

「ちょっ、ちょっとどうしたのよ美咲《みさき》あんた。そりゃ呪いは解かないとだけど、そんなにやる気出して……なんかあったわけ？」

と、俺と同じように困惑しながら桜《さくら》が聞く。

すると宗谷は「うぇっ!?」と急に顔を真っ赤にして鎮静化。かと思えば、

「……っ、べ、別に理由なんてないよっ。またいつ魔族に攫《さら》われたりするかわかんないんだし、諦《あきら》めてなんかいられないでしょ!?」

そんな風に力強く叫ぶのだ。情緒不安定かよ。

しかしまあ、そんな宗谷の無茶苦茶なパワーが諦めかけていた俺の気持ちをまた引っ張り上げてくれたことは確かで、

「ははっ、まあそうだな。魔族に狙《ねら》われてるなんてシャレにならん状態が続くなんてごめんだし、最初からダメ元で呪いを解く方法を探ってきたんだ。いまさら諦めてなんかいられねーか」

「うん！　その意気だよ！」

前以上に元気になって突き進もうとする宗谷につられて、俺もつい脳天気に笑ってしまうのだった。

——絶対に除霊不可能と言われた《サキュバス王の性遺物》の除霊に成功してしまったという事実が、とんでもない連中を呼び寄せてしまったことを、いまはまだ知らないまま。

あとがき

射精を我慢している女の子は可愛《かわい》い。

インスタントな性欲に翻弄《ほんろう》されたり知らない快感に夢中になっちゃう女の子は可愛い。

そんな想いのつまった第7巻、いかがだったでしょうか。

どうも。変態ではなく健全ライトノベル作家の赤城です。お久しぶりです。


……いやね、言い訳をさせてください。

これは反動なんです。

シリアスな展開が続いた絶頂除霊《ぜっちょうじょれい》6巻と、健全王道百%の『僕を成り上がらせようとする最強女師匠たちが育成方針を巡って修羅場』。

二冊続けて割と真面目な作風が続いた結果、溜《た》まっていたなにかが溢《あふ》れてしまっただけなのです。人間なら誰しも、出さなければ溜まる。これは自然の摂理です。人体の必然です。生きていくうえで必然の代謝なんです。

「変態」という言葉は往々にして、「他とは違う」というニュアンスを含みます。ドMや露出魔がなぜ変態といわれるか。それは少数派だからです。全人類の九割がドMなら、ドMは変態ではなくなります。全人類の九割が露出魔なら、露出癖は「おっぱいが好き」程度の扱いになります。

多数派である限りその人は変態ではないのです。

ゆえに、溜まったら出すという地球に住む全生物がおこなっている行為の延長としてこの7巻を執筆した圧倒的多数派である僕は変態ではないのです。

一分の隙も無い完璧《かんぺき》なロジックですね。

まあでもよく考えたらそもそもラノベにおいてヒロインふ●なり回なんて水着回レベルの定番なので、そもそも変態がどうとかって話ではなかったかもしれませんが。

ヒロインにおちんちん生やして「男の子っていっつもこんなムラムラしてるの……!?」って困惑しつつ好きな男子or女子に迫っちゃう話もっと増えろ。


さて、潔白を証明したとことで以下謝辞です。

明らかに作者が好みのエロイラストを発注することだけを考えてプロットを練った本作の出版に携《たずさ》わってくださった皆様方。

毎度のことながら今回もお手数おかけしました。

今後もなにかとお世話になりそうですが、引き続きよろしくお願いいたします。

そして読者の皆様方。

毎巻言っている気もしますが、皆様からの感想が大変励みになっております。特に前巻は「長いしシリアスだし大丈夫かな?」と不安だったところにたくさんの好評価をいただきまして胸をなで下ろすと同時にとても嬉しかったです。

今後も真面目だったり変態性欲を隠しきれなかったりとカオスな作品になりそうですが、皆様に楽しんでいただけるよう頑張ります。


最後に告知です。

現在、漫画配信アプリマンガワン様にて、絶頂除霊《ぜっちょうじょれい》のコミカライズが掲載中です。どうにか配信停止にならずに続いている本作、柚木N'先生の描くヒロインたちがみんなとってもなく可愛《かわい》いので、原作組の皆様も是非《ぜひ》一度目を通してみてください(いやほんと、淫魔《いんま》眼《がん》で晴久《はるひさ》を脅《おど》す美咲《みさき》とか、怖くてアホでめっちゃ可愛いんだ……)。

それから現在、絶頂除霊と並行して『僕を成り上がらせようとする最強女師匠たちが育成方針を巡って修羅場』シリーズも刊行中です。

ニドナツとはまた別ベクトルで『赤城が書いたとは思えない』『ゴーストライターでは?』『多重人格』と言われてますので、気になった方はこちらも是非よろしくお願いいたします。

おねショタ好き、年上ヒロイン好きな方にもおすすめだぞ!

それでは皆様、次は8巻か新シリーズのほうでお会いしましょう。
おごおおおおおおっ！（喘《あえ》ぎ声がかぶってても気にしない）

エピローグ２

《サキュバス王の性遺物》の除霊成功。

その情報は本来、広まっても大して問題はないはずだった。

なぜならそれは《サキュバス王の性遺物》に対処する光明《こうみよう》が見えたということであり、むしろ積極的に喧伝《けんでん》してもいいくらいの功績だったからだ。

最終的には「いまだ脅威である性遺物に通じる情報である」として言霊《ことだま》制限がかけられたものの、たとえ流出しても問題はないと誰もが考えていた。

だが――


「バカな……あり得ん……っ！　なぜ貴様らが一堂に会している……っ!?　協調性など皆無、互いの欲望実現を邪魔しないという不可侵条約のみで結びついているはずの貴様らが……！」


欧州某所。

交易の要として栄えるその巨大な水の都には、一大戦力が集結していた。

欧州祓魔《ふつま》連合に所属する精鋭七百。そしてそれを現場で指揮する天人降ろしだ。

目的は巨大な霊能犯罪シンジゲートの殲滅《せんめつ》。

異能を用いて私腹を肥やす巨大犯罪組織のアジトを強襲すべく、数か月前から入念な準備が進められていた重大任務だった。

だが——アジトに踏み込んだ彼らの目に飛び込んできたのは、信じがたい二つの光景。

一つは殲滅《せんめつ》すべき霊能犯罪者たちがすでに全滅していたこと。

そしてもう一つは、あり得ない面子《メンツ》が犯罪組織の所持していた物資や設備を我が物顔で占有していたことだった。

あまりの事態に指揮官である天人降ろしは一時的に茫然自失《ぼうぜんじしつ》。

しかし次の瞬間には、天人降ろしとしての誇りさえ投げ捨て、全力で叫んでいた。

「全軍撤退！　私が殿《しんがり》を務める！　一人でも多く生き残り、この緊急事態を本部に伝えよ！」

国際霊能テロ組織の各派首魁が手を組んだ可能性が高い！

しかしその指示が最早手遅れであることは、指揮官本人が誰よりもよく理解していた。

なにせ相手は、一人一人が魔族に匹敵する懸賞金をかけられた特級の国際指名手配犯で——

激しい戦闘音はそれから数分と経たないうちに、ぷつりと途絶えた。

「しかし驚いたなぁ。あの性遺物が本当に除霊可能だったとは。アンドロマリウスのあの話は私たちを上手《うま》く利用するためのデタラメだと思って無視していたんだけどね……これは俄然《がぜん》、信憑性《しんぴょうせい》が増してきた」

突如乱入してきた欧州祓魔《ふつま》連合の精鋭たちを一人残らず狩り尽くしたあと。

その化け物たちは闇に紛《まぎ》れ、口々に言葉を交わしていた。

決して友好的な様子ではない。だがその口調はそれぞれが上機嫌に高揚しており、共通の目的が協調性皆無の彼らを同じテーブルに座らせていた。

共通の目的——それはすなわち、自分たちの強烈な欲望を永遠に満たし続けること。

「最初は馬鹿げた話だと思ってたが……なんたって有史以来、誰も除霊できなかったっつーパーツを奪えたんだ。その上パーツ事件の直後に来やがった使い魔。ありゃ恐らく次期魔王候補クラスのヤツが裏で動いてる。こうなってくると、あの与太話も決して夢物語とは思えねぇ」

正気とは思えないイカれた光を眼《め》に宿し、彼女らはそれを口にする。

「サキュバス王の完全復活。そしてサキュバス王がかつて作り上げたという、あらゆる性的欲望が満たされるセックスアルカディア《淫都《いんと》・ソドムとゴモラ》の再興か……！」

それは、どれだけ貪《むさぼ》ろうと満たされない彼らの渇きを唯一満たしてくれる可能性をもった夢物語。聞いた当初はアンドロマリウスの虚言と断じた与太話。

だがそのアンドロマリウスの言葉通りに実現したパーツの除去は、その与太話にとてつもない信憑性を与えてしまっていた。

それほどまでに、パーツの除去というのはあり得ない事態だったのだ。

そうして信憑性《しんぴょうせい》を増したセックスアルカディアの再興という夢物語を聞いて集まった彼女らが——魔族に声をかけられるような彼女らが——やろうとすることはただ一つ。

「パーツを奪うぞ」

「早い者勝ちだ！　より多く集めたヤツが淫都《いんと》で受けられる快楽もでかいっつー話だからな」

「互いの邪魔さえしなければやり方は自由。もとより連携などできるタチでないのはいましがたの戦闘で明らかだろう」

「とりあえず日本に3つ……封印されているものも含めて4つあるのは確定なんですよね？」

「そのためにここの霊装密輸船を奪ったんだ。あとは日本の呪殺法師とやらが入国を手引きしてくれることになっている」

彼女らは本来、一人一人が強烈なエゴイスト。

同じ「国際霊能テロ組織」と括《くく》られながらも、共闘はおろか誰かが死にそうなときに助け合うようなことも決してなかった。各々《おのおの》の欲望を満たすことだけが彼女らの行動原理そのものだったからだ。

だがいま、それまで決して足並みを揃《そろ》えることなどなかった悪意が、欲望が。

集い膨《ふく》れて、極東の島国を目指しはじめていた。

ガガガ文庫9月刊

塩対応の佐藤さんが俺にだけ甘い3

著／猿渡《さわたり》かざみ
イラスト／A《あ》ちき

夏休みも後半に差し掛かった頃、押尾君に夏祭りデートに誘われる。大喜びする佐藤さんだが、とあることに気づく。「お金が足りない！」お食事処にカフェにお化け屋敷、佐藤さんのアルバイト奮闘劇が今はじまる！

ISBN978-4-09-451865-8（ガさ13-3）　定価:本体600円＋税

呪剣の姫のオーバーキル　～とっくにライフは零なのに～

著／川岸殴魚《かわぎしおうぎょ》
イラスト／so品《そひん》

オーク、トロール、ワイバーン……人を襲うモンスターどもを、殺し、屠り、鏖す。呪いの大鉈“屍喰らい”を振るう最強の討伐者、彼女の名はシェイ。悪鬼も哭かせるオーバーキリング・スプラッタ無双、ここに開幕！

ISBN978-4-09-451869-6（ガか5-31）　定価:本体660円＋税

千歳くんはラムネ瓶のなか4

著／裕夢《ひろむ》
イラスト／raemz《レームズ》

チームの新キャプテンとしてバスケに熱中する陽。それを微笑ましく見守る朔のもとに、野球部のエース、江崎が現れる。「朔……頼む、野球部に戻ってくれ」――これは、あの夏を終わらせ、もう一度始める物語。

ISBN978-4-09-451866-5（ガひ5-4）　定価:本体730円＋税

出会ってひと突きで絶頂除霊！7

著／赤城大空《あかぎひろたか》
イラスト／魔太郎《またろう》

槐救出作戦を成功させた晴久たちだったが、協会への造反に対する罰則労働として雑霊が溜まるビーチにて除霊を請け負うことに。だが、そこには逆ナンに失敗した女たちの爛れた情念が溜まっていて――。

ISBN978-4-09-451867-2（ガあ11-21）　定価:本体620円＋税

むしめづる姫宮さん3

著／手代木正太郎《てしろぎしょうたろう》
イラスト／Nagu《なぐ》

天文部という居場所を見つけて羽汰の先を進む凪。その背中に追いつこうと美術部に入った羽汰。だが羽汰は自分にとってできる事があるのか自問する。なりたかった自分。今の自分。その距離は、もう絶望的に遠かった。

ISBN978-4-09-451868-9（ガて2-13）　定価:本体730円＋税

GAGAGAGAGAGAGAGAGA

僕を成り上がらせようとする最強女師匠たちが育成方針を巡って修羅

著／赤城大空《あかぎひろたか》

イラスト／タジマ粒子《りゅうし》

定価：本体 640 円＋税

最弱の少年がとある事件をきっかけに逆光源氏計画を目論む
最強女師匠たちに目をつけられ、世界最強へと育てられていく！
最強お姉様たちと最弱の少年が織りなすレベル０のヒロイックファンタジー！

結婚が前提のラブコメ

著／栗《くり》ノ《の》原《はら》草《そう》介《すけ》

イラスト／吉《よし》田《だ》ばな

定価：本体556円＋税

白城結婚相談事務所には「結婚できない」と言われた女性たちが集まってくる。
縁太郎は仲人として、そんな彼女たちをサポートする日々。
とある婚活パーティで出会った結衣は、なにやらワケありの様子で……？

GAGAGAGAGAGAGAGAGAGA

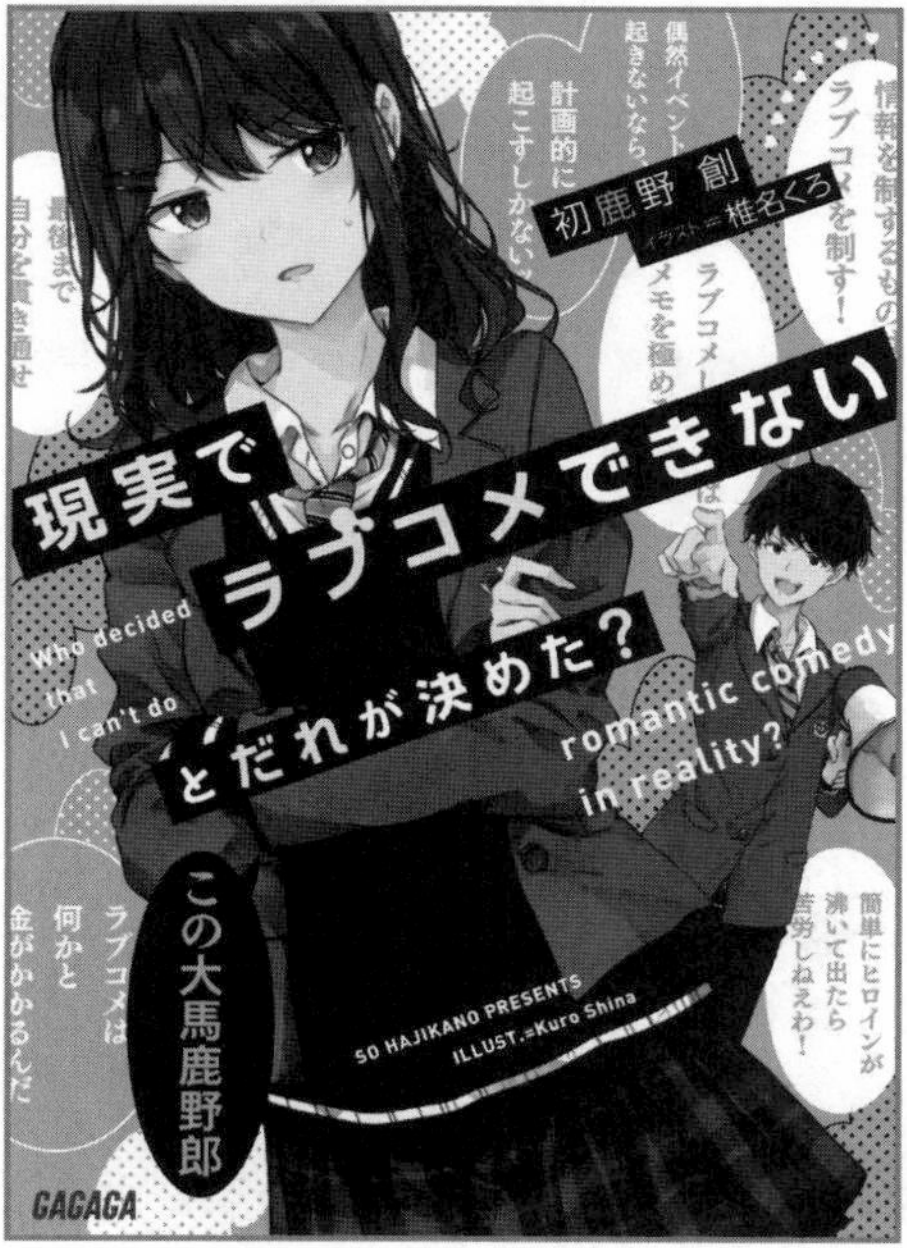

現実でラブコメできないとだれが決めた?

著／初鹿野《はじかの》 創《そう》

イラスト／椎名《しいな》くろ

定価：本体 660 円＋税

「ラブコメみたいな体験をしてみたい」と、誰しもが思ったことがあるだろう。
だが、現実でそんな劇的なことは起こらない。なら、自分で作るしかない!
これはラノベに憧れた俺が、現実をラブコメ色に染め上げる物語。

GAGAGA
ガガガ文庫

出会ってひと突きで絶頂除霊！7

赤城大空

発行　2020年9月23日　初版第1刷発行

発行人　立川義剛

編集人　星野博規

編集　小山玲央

発行所　株式会社小学館
〒101-8001 東京都千代田区一ツ橋2-3-1
[編集] 03-3230-9343　[販売] 03-5281-3556

カバー印刷　株式会社美松堂

印刷・製本　図書印刷株式会社

Printed in Japan　ISBN978-4-09-451867-2

第15回小学館ライトノベル大賞
応募要項!!!!!!!!!!!!!!!!!!!!!!!!!!!!!!

ゲスト審査員はカルロ・ゼン先生!!!

大賞：200万円＆デビュー確約
ガガガ賞：100万円＆デビュー確約
優秀賞：50万円＆デビュー確約
審査員特別賞：50万円＆デビュー確約

第一次審査通過者全員に、評価シート＆寸評をお送りします

容 ビジュアルが付くことを意識した、エンターテインメント小説であること。ファンタジー、ミステリー、恋愛、
ＦＦなどジャンルは不問。商業的に未発表作品であること。
同人誌や営利目的でない個人のWEB上での作品掲載は可。その場合は同人誌名またはサイト名を明記のこと）

考 ガガガ文庫編集部＋ゲスト審査員 カルロ・ゼン

格 プロ・アマ・年齢不問

稿枚数 ワープロ原稿の規定書式【1枚に42字×34行、縦書きで印刷のこと】で、70～150枚。
手書き原稿での応募は不可。

応募方法 次の3点を番号順に重ね合わせ、右上をクリップ等（※紐は不可）で綴じて送ってください。
）作品タイトル、原稿枚数、郵便番号、住所、氏名（本名、ペンネーム使用の場合はペンネームも併記）、年齢、略歴、
電話番号の順に明記した紙
）800字以内であらすじ
）応募作品（必ずページ順に番号をふること）

応募先 〒101-8001 東京都千代田区一ツ橋 2-3-1
学館　第四コミック局　ライトノベル大賞係

Webでの応募　GAGAGA WIREの小学館ライトノベル大賞ページから専用の作品投稿フォームにアクセス、必
要情報を入力の上、ご応募ください。
※データ形式は、テキスト（txt）、ワード（doc、docx）のみとなります。
※Webと郵送で同一作品の応募はしないようにしてください。
※同一回の応募において、改稿版を含め同じ作品は一度しか投稿できません。よく推敲の上、アップロードください。

締め切り 2020年9月末日（当日消印有効）
※Web投稿は日付変更までにアップロード完了。

発表 2021年3月刊『ガ報』、及びガガガ文庫公式WEBサイトGAGAGAWIREにて

注意 ○応募作品は返却致しません。○選考に関するお問い合わせには応じられません。○二重投稿作品は
いっさい受け付けません。○受賞作品の出版権及び映像化、コミック化、ゲーム化などの二次使用権はすべて小
学館に帰属します。別途、規定の印税をお支払いいたします。○応募された方の個人情報は、本大賞以外の目的
に利用することはありません。○事故防止の観点から、追跡サービス等が可能な配送方法を利用されることをおすす
めします。○作品を複数応募する場合は、一作品ごとに別々の封筒に入れてご応募ください。